JN060135

ぱる出版

ことのは！

#万葉恋日和

著——青沼裕貴

監修・解説——鉄野昌弘

はじめに

青春の合間に仕方なく単語、文法、古文常識を学び、テストで解答する。それが現代人にとっての古典かと思います。作り手に想いを馳せる余裕など無いのではないでしょうか。
しかし、作り手たちは間違いなく当時、日々を生きていました。何千何万の日々の中で実力やモチベーションが変化し、作品を作っては、「よく出来たな」「イマイチだったな」「なかったことにしよう」なんて思っていた人たちがいたわけです。
そして、作品を受け継いだ人たちもいました。
『万葉集』は、それを大事に思った人たちの手によって受け継がれ、天災や戦争などの危機、本自体の経年劣化を乗り越えつつ、千年以上を生き抜いたものです。
皆さんにもお気に入りの漫画やドラマ、映画作品があると思いますが、その作品が西暦三三〇〇年まで残るかと考えると…それがいかにすごいことかが実感できるでしょう。
そうなると、私も『万葉集』を打ち捨てては置けません。漫画で描いた『万葉集』の物語を、どなたにも気軽に楽しく読んでいただけたら幸いです。他の作品と併せて読むと、「千三百年前の現代人」っぽさをより一層感じられる事と思います。古典の入口にもぜひ。

漫画家　青沼裕貴

登場人物の系図

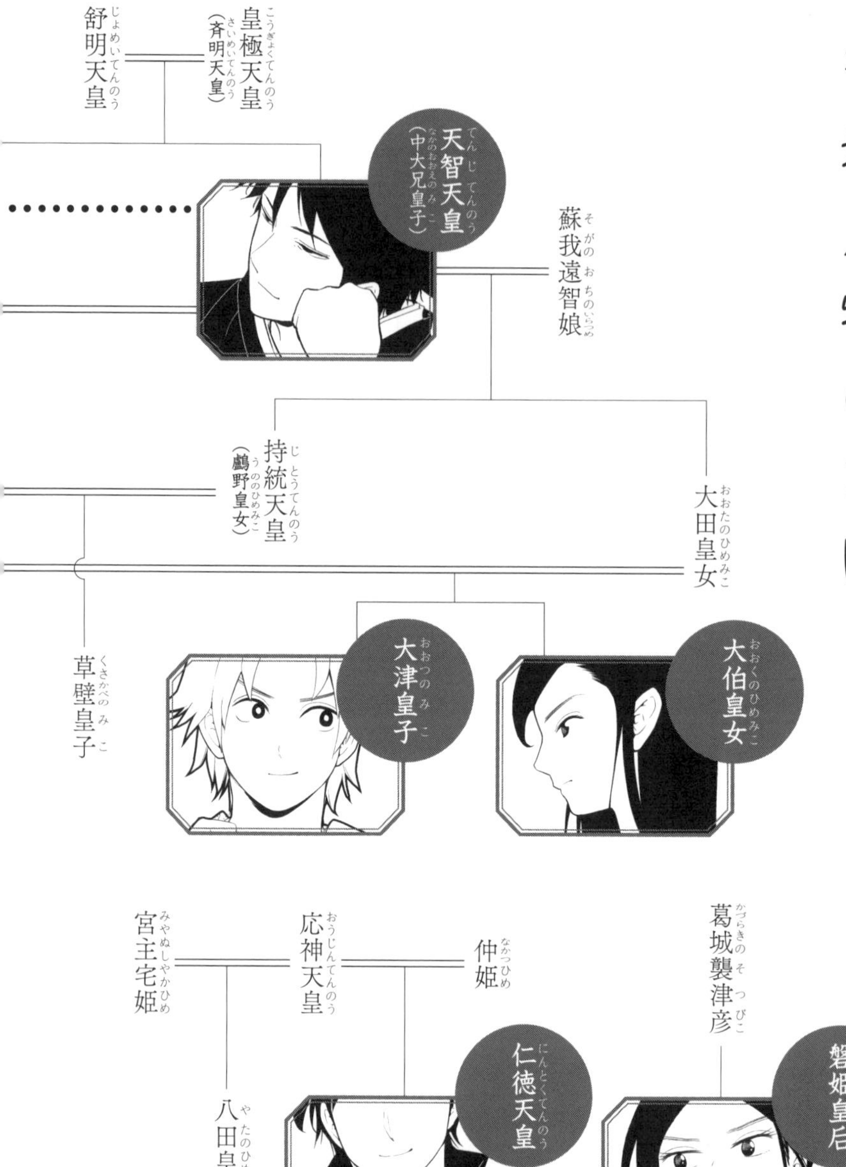

舒明天皇《じょめいてんのう》
皇極天皇《こうぎょくてんのう》
（斉明天皇《さいめいてんのう》）
天智天皇《てんじてんのう》
（中大兄皇子《なかのおおえのみこ》）
蘇我遠智娘《そがのおちのいらつめ》
持統天皇《じとうてんのう》
（鸕野皇女《うののひめみこ》）
大田皇女《おおたのひめみこ》
草壁皇子《くさかべのみこ》
大津皇子《おおつのみこ》
大伯皇女《おおくのひめみこ》
宮主宅姫《みやぬしやかひめ》
応神天皇《おうじんてんのう》
仲姫《なかつひめ》
葛城襲津彦《かづらきのそつびこ》
仁徳天皇《にんとくてんのう》
磐姫皇后《いわのひめこうごう》
八田皇女《やたのひめみこ》

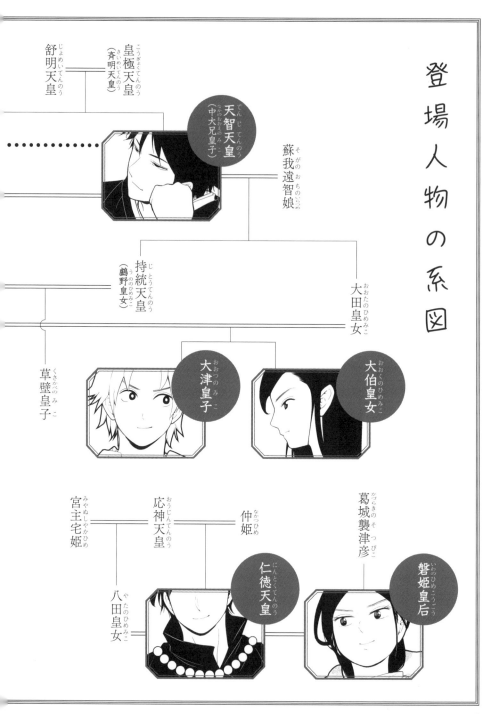

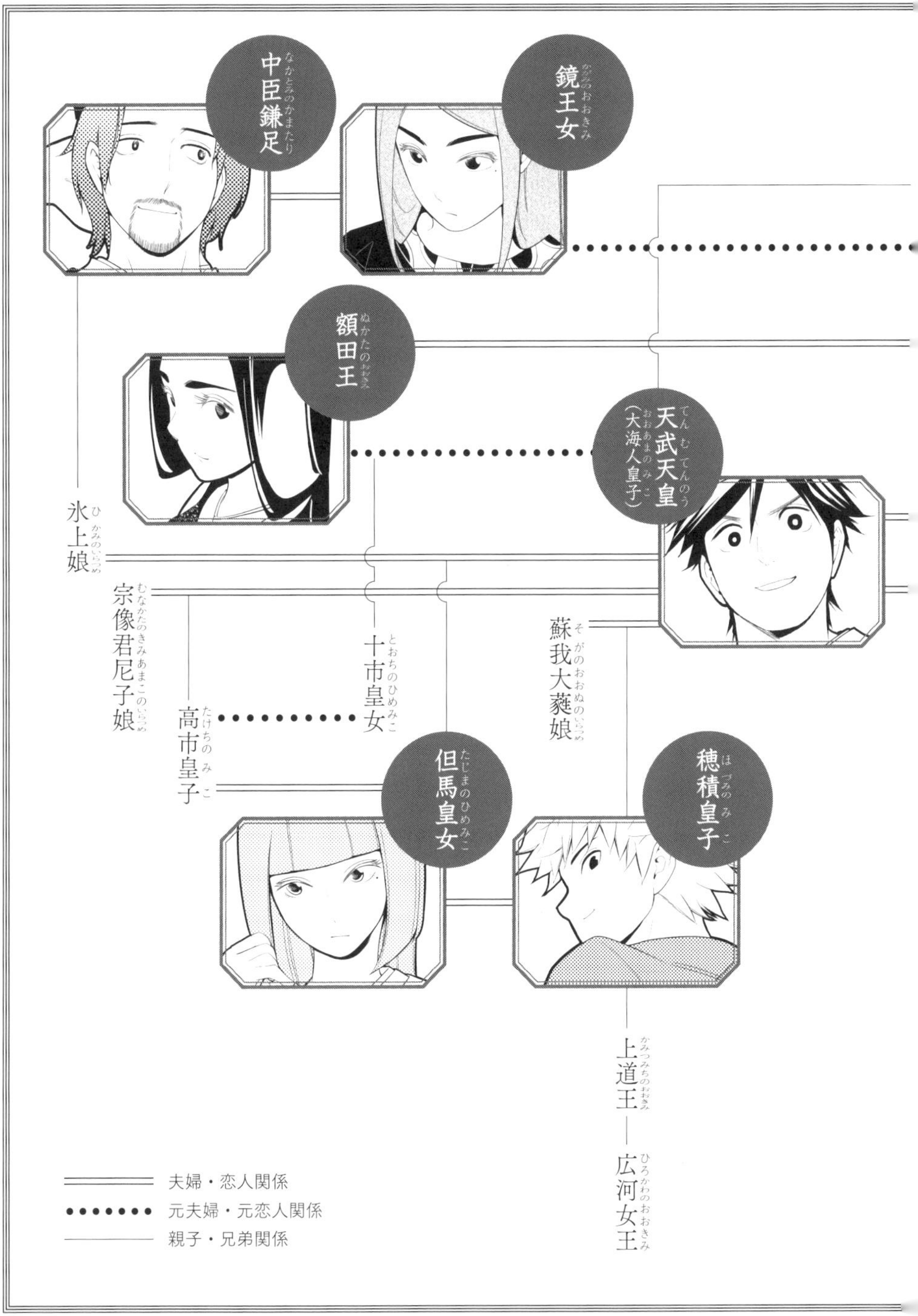

中臣鎌足《なかとみのかまたり》
鏡王女《かがみのおおきみ》
額田王《ぬかたのおおきみ》
天武天皇《てんむてんのう》
（大海人皇子《おおあまのみこ》）
氷上娘《ひかみのいらつめ》
宗像君尼子娘《むなかたのきみあまこのいらつめ》
十市皇女《とおちのひめみこ》
蘇我大蕤娘《そがのおおぬのいらつめ》
高市皇子《たけちのみこ》
但馬皇女《たじまのひめみこ》
穂積皇子《ほづみのみこ》
上道王《かみつみちのおおきみ》
広河女王《ひろかわのおおきみ》
夫婦・恋人関係
元夫婦・元恋人関係
親子・兄弟関係

ことのは

序

時に、
于時、

初春《しよしゆん》の令月《れいげつ》にして、
初春令月、

気淑《よ》く風和《やはら》ぐ。
気淑風和。

梅は鏡前《きやうぜん》の粉《ふん》を披《ひら》き、
梅披鏡前之粉、

蘭《らん》は珮後《ばいご》の香《かう》を薫《かを》らす。
蘭薫珮後之香。

天平二年(七三〇)正月十三日
大宰府――大伴旅人《おおとものたびと》邸
時に初春の令月にして
気淑く風和ぐ
梅は鏡前の粉を披き蘭は珮後の香を薫らす～
いやー
まあ…何というか
山上憶良
大伴旅人
はい

こうして酒を飲んでいるなら夢のある未来を考えなければと思うな
――といいますとっ?
今や政界の中心は藤原氏
大伴一族は衰亡の一途…とかね
身体の節々が硬くなって
古傷も痛んできた…とかさ
ええ
その老体をこんっな大宰府にひどいなとか
目も悪くなってきた…とかさ
これじゃもう藤原連中の好き放題…とかね
この状況だと藤原の好きな漢詩がもてはやされるとか
くど くど
腕も少し上がりにくくなってきた…とか
食欲も無くなってきたとか
夜も起きてられんし…とか?
すぐ酔うし…とかとかとか
プルプル
そういう事は考えずにね…ほら
もっと先の明るい…
そう…たとえば…
プルプル

たとえば
何ッ…だろなあ
どうしました!?
っていう未来を考えるよりもだなァ
もっと明るい何かッ…
歌の技術の発展とかを考えないとと思ってだなァ
落ち着いて下さい!!
はうっ!!
ああっ
ワシの老い先も長くはない
息子たちが心配だよ
特に家持《やかもち》
あいつはきっと無類の和歌好きになる
けどあいつの作品が出揃う頃にゃもっと状況が悪い

家持の気質からして
暇を持て余すと
壮大な和歌集作りに
携わり
自分の作を
盛大に入れると
思うんだけどなぁ
もったいないなぁ…
未来が見えて
いるような
言い方…
だが
果たして
それが後世に
残るのだろう
か…
名もなき人々の
作品も含め
世に知られ
口すさびに
歌われる事は
——…
……
まぁ…
あるか
ボソッ
エッ

何か今
予感がした!
我々の今日の
和歌たち…いや
長歌でさえも
百年…いや千年は
残る気がする!!
千年!?
いろいろな
表現手法に
組み込まれたり
たとえば絵を
動かすような
作品の題材に
なったりも
するだろうなぁ
はぁ…
何の話…?
ひとりひとりが
人生を乗せた
詠歌…
捨てる者
ばかりな
ハズはない
歌は残る
未来は
明るいのだ

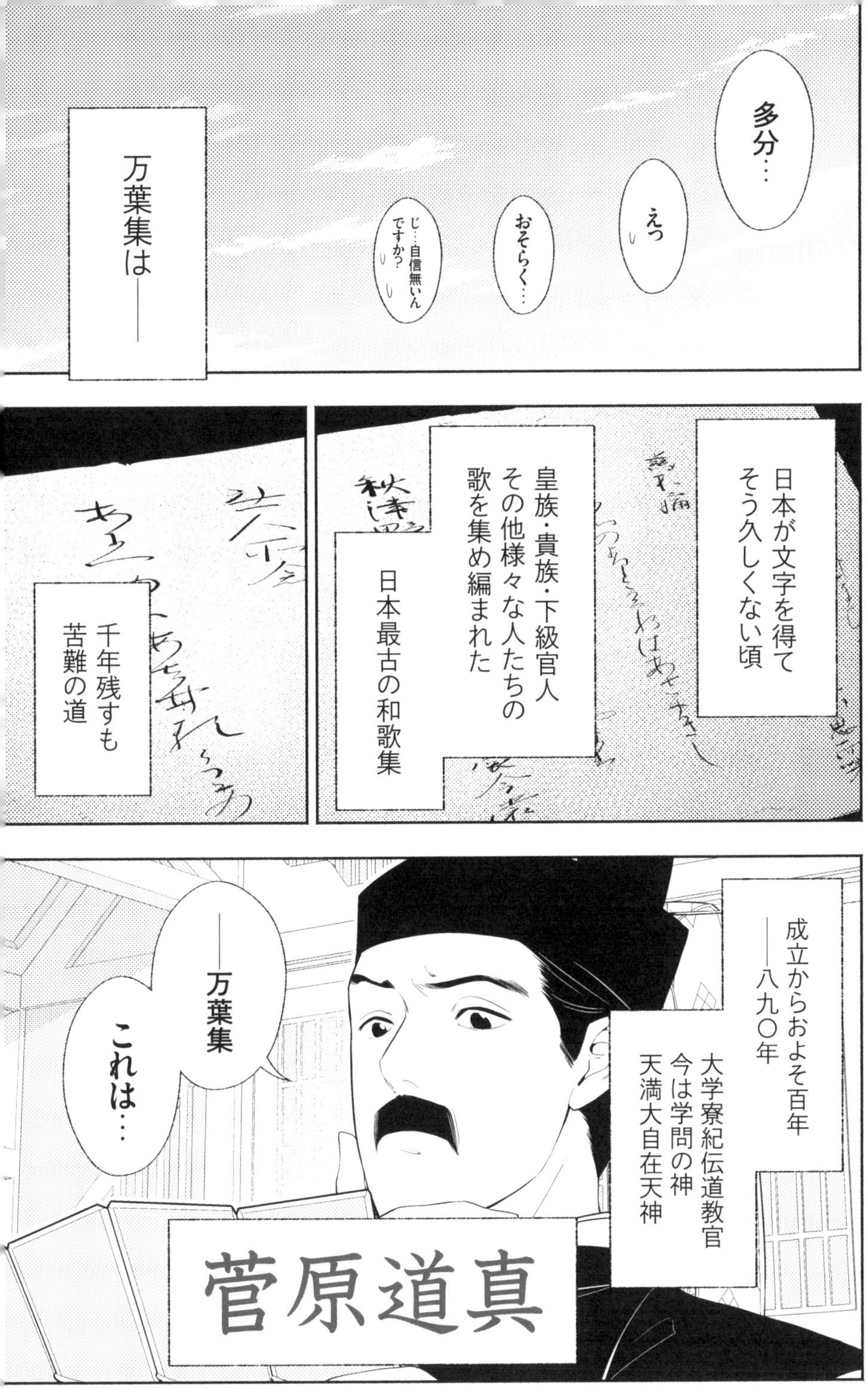

多分…
えっ
おそらく…
じ…自信無いんですか?
万葉集は――
日本が文字を得て
そう久しくない頃
皇族・貴族・下級官人
その他様々な人たちの
歌を集め編まれた
日本最古の和歌集
千年残すも
苦難の道
成立からおよそ百年
――八九〇年
大学寮紀伝道教官
今は学問の神
天満大自在天神
――万葉集
これは…
菅原道真

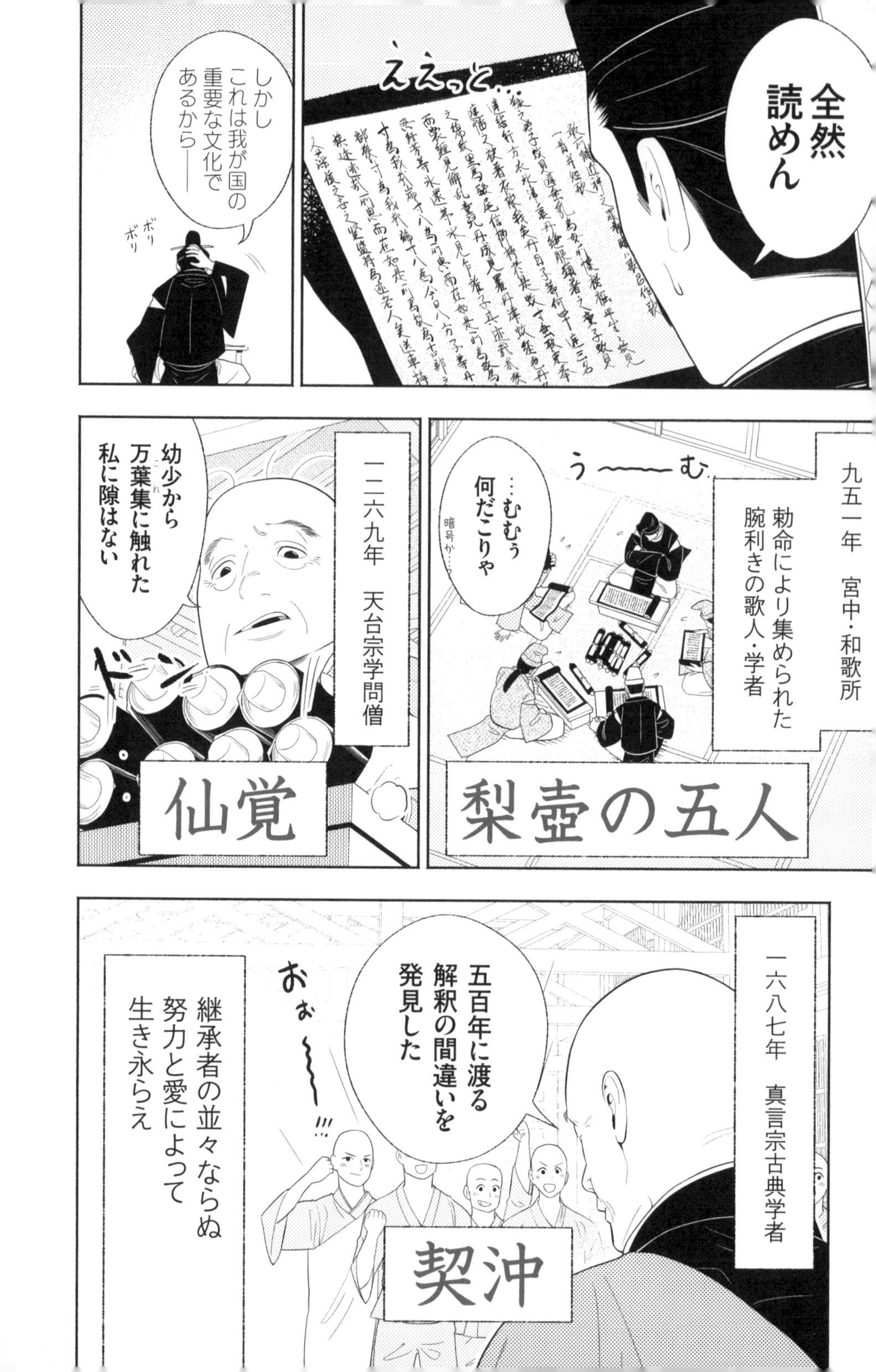
全然読めん
ええっと…
しかし
これは我が国の重要な文化であるから——
ボリ
ボリ
九五一年　宮中・和歌所
勅命により集められた腕利きの歌人・学者
う〜〜む
…むむぅ
何だこりゃ
暗号か…?
梨壺の五人
一二六九年　天台宗学問僧
幼少から
万葉集《これ》に触れた
私に隙はない
ドン
仙覚
一六八七年　真言宗古典学者
五百年に渡る解釈の間違いを発見した
おぉ〜〜!!!
契沖
継承者の並々ならぬ努力と愛によって生き永らえ

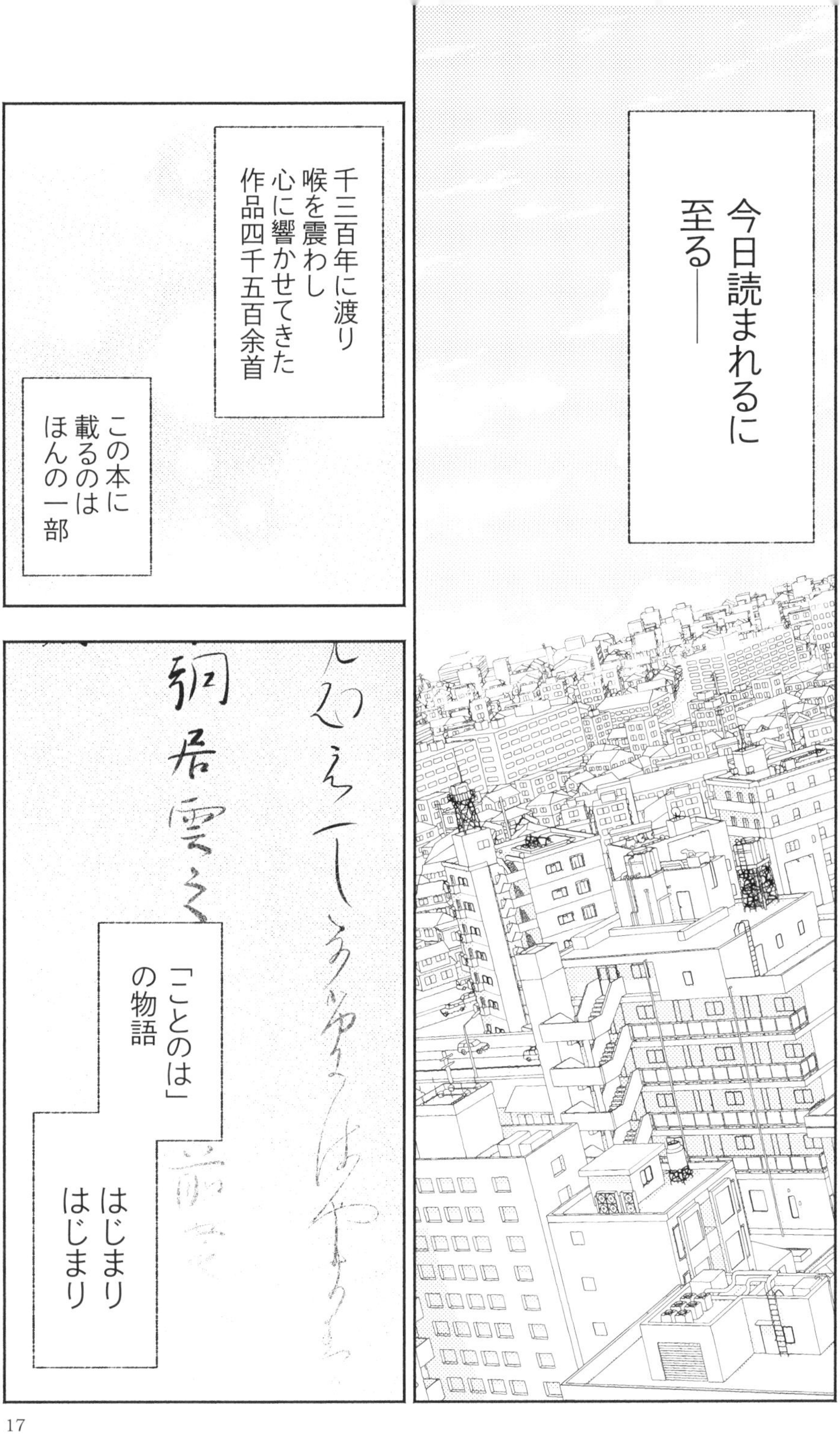
今日読まれるに
至る――
千三百年に渡り
喉を震わし
心に響かせてきた
作品四千五百余首
この本に
載るのは
ほんの一部
「ことのは」
の物語
はじまり
はじまり

令和二年八月

万葉集の成り立ち

万葉集には、序文やあとがきが無く、編者の名前も書かれていませんので、どのように成立したのか、確かなことは分かりません。全部で二十巻ですが、巻一や二は、だいたい七一〇年の平城京遷都より前の古い歌です。巻三から十六までは、古い歌は少しで、大半が奈良時代の、天平十六年（七四四）までの歌。巻十七から二十までは、日付順になっており、ほとんどが天平十八年以後で、天平宝字三年（七五九）まで続いています。要するに全体がグラデーションのように、古い歌から新しい歌へ、と移り変わっているわけですね。そして巻一や二のように、古い歌の多い巻は、奈良時代の初めくらいにいったん編集された形跡があります。どうも一度に誰かが編集したというより、何段階かにわたって、複数の編者たちが集めたものが積み重なっているらしいのです。

しかし最終的に現在の形にまとめたのが誰かは、だいたい見当がつきます。巻十七から二十は、大伴家持《おおとものやかもち》（七一八?〜八五）の歌ばかりで、他人の歌も、家持が聞き取って記録したものです。まるで家持の日記のようなのです。おまけに、そこに収められた家持の歌は、巻十六までの歌を踏まえており、それを知らないと理解できないので、自分の「歌日記」の部分と巻十六までとを一緒にしたのも家持だと考えるのが自然でしょう。

つまり最終編者は家持と見られるのですが、それまでに出来あがっていた部分にも家持の手が加わっていると予想されます。それは、万葉集全体に、大伴氏の影が非常に濃いからです。特に巻五は、家持の父、大伴旅人《たびと》（六六五〜七三一）が九州の大宰府にいた三年間（七二八〜三〇）の、旅人や、その部下で友人だった山上憶良《やまのうえのおくら》の歌が主体です。家持は、旅人や憶良を尊敬していましたので、彼らの歌を万葉集に取りこんだのも家持でしょう。

大伴氏は、古くから皇室に仕えてきたことを誇りとしていました。しかし旅人や家持の頃には、新興の藤原氏に圧倒されつつあったのです。「令和」の出典「梅花歌序《ばいかのうた》」は、都で藤原氏が、時の長屋王《ながやのおおきみ》政権をクーデターで倒した（七二九）、次の年の正月、旅人が開いた宴のための漢文です。そこに描かれる大宰府の平和な春は、血なまぐさい都の裏返しの情景なのです。九州にいて何もできなかった旅人が、文芸の力で一矢を報いたものと言えましょう。

この後の登場人物たちは、奈良時代より前の人々で、多くは皇子・皇女です。その頃は、天皇がカリスマとして実権を握り、大伴氏にとっても、その傍で活躍できた栄光の時代なのです。万葉集は、彼らの歌を、古き良き時代の物語として載せているのでしょう。

column

我《わ》が園に
和何則能尓
梅の花散る
宇米能波奈知流
ひさかたの
比佐可多能
天《あめ》より雪の
阿米欲里由吉能
流れ来《く》るかも
那何列久流加母

［巻五・八二二　大伴旅人］

私の家の庭に梅の花が散る。あれは、本当は（ひさかたの）天から雪が流れてきたのではないかなあ

「梅花宴」で、主催者大伴旅人が作った歌です。梅の白い花が散るさまを雪が流れるように降るのに譬えています。梅は中国から輸入されてきた植物で、その花を雪に譬えるのも漢詩の発想でした。旅人は余韻を残しながら、巧みにその発想を和歌に仕立てています。

この歌は、「和何則能尓」のように、漢字の音読みを利用して、一字で日本語の一音を表す書き方で書かれています。こういう漢字の使い方を「万葉仮名」と言います。「仮名」というのは、意味を持たない字ということで、「和」の「和やか」という意味や、「何」の「なに？」という意味は無視されています。ただし万葉集の歌が全部万葉仮名で書かれているわけではありません。たとえば同じ旅人の梅の花の歌でも、別の巻では、「吾岳尓《わがをかに》盛開有《さかりにさける》梅花《うめのはな》」（巻八・一六四〇）のように、万葉仮名「尓《に》」と漢字の訓読み（「吾《わが》」「岳《をか》」など他全部）とを交える書き方になっているのです。

ことのは 一

巻二・八七

磐姫皇后《いわのひめこうごう》

ありつつも
在管裳
君をば待たむ
君乎者将待
うちなびく
打靡
我《あ》が黒髪《くろかみ》に
吾黒髪尓
霜《しも》の置くまでに
霜乃置万代日

仁徳天皇

5世紀前半頃の天皇

第16代。父は応神天皇。聡明で思いやりがあり、「聖帝」と讃えられたとされる。難波に都を置き、全長500メートルにも及ぶ大山《だいせん》古墳（堺市）がその墓と言われる。

磐姫皇后

5世紀前半頃の人

仁徳天皇の皇后。父は葛城襲津彦。仁徳天皇2年、皇后となる。履中《りちゅう》・反正《はんぜい》・允恭《いんぎょう》天皇らの母。仁徳が別の女を召し入れると、足をばたばたさせて嫉妬したと伝える。

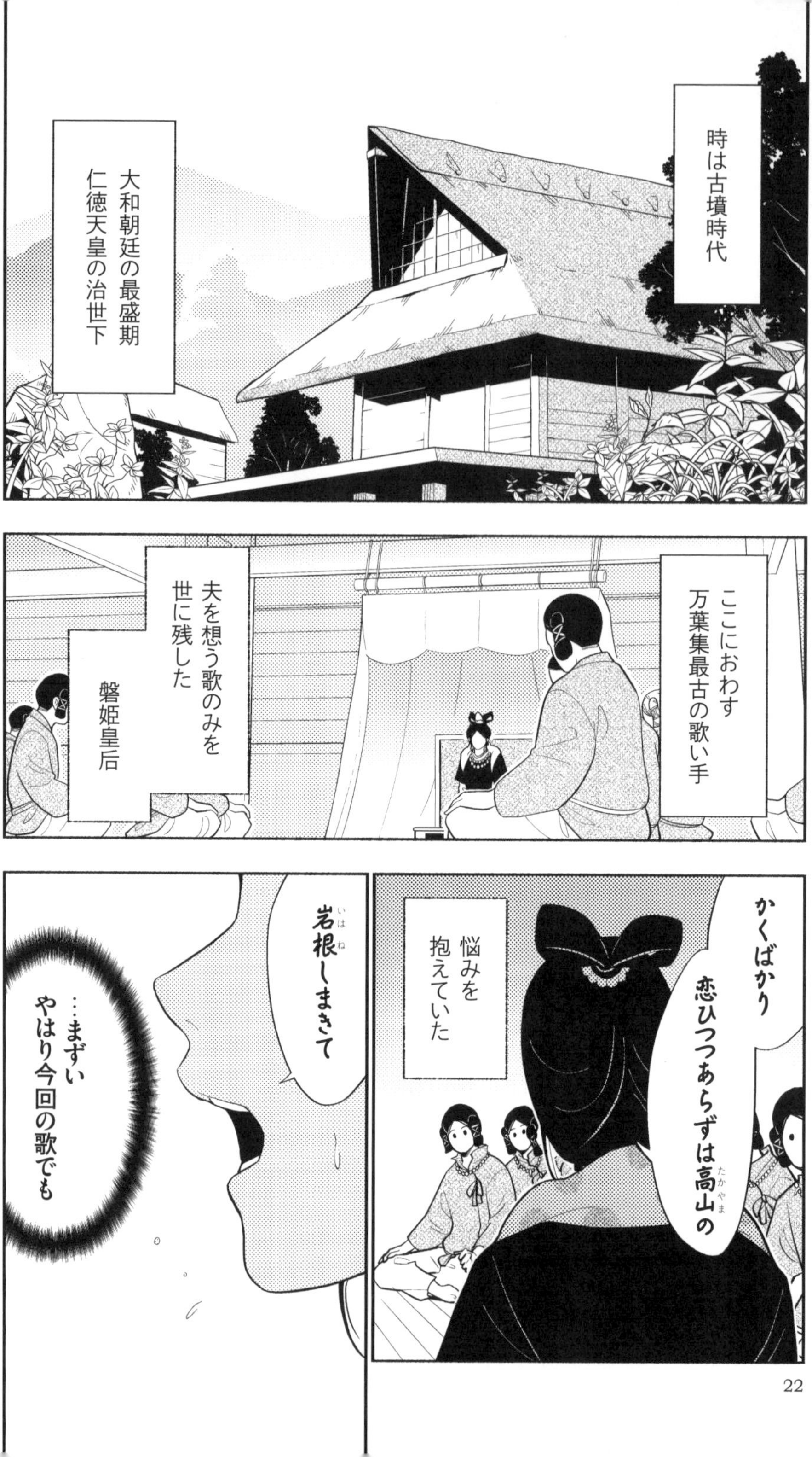
時は古墳時代
大和朝廷の最盛期
仁徳天皇の治世下
ここにおわす
万葉集最古の歌い手
夫を想う歌のみを
世に残した
磐姫皇后
かくばかり
恋ひつつあらずは高山《たかやま》の
悩みを
抱えていた
岩根《いはね》しまきて
…まずい
やはり今回の歌でも

死なましものを
こんなに恋い苦しむよりいっそ高い山の岩を枕に死んだ方が良い
ざわっ
まっすぐに愛を伝えられない…!!!
磐姫皇后
こんな女でいたくないのに歯止めが利かない…
どうすれば…!!
難波高津宮《なにわのたかつのみや》
そろそろ宋への使節を…
いやその前にまず税制を…
やー忙しいなァ
早馬を出せ!!
ザッ
んっ?

帝がまた女と会ってるやもしれぬ!!
私が退屈していると伝え宮に連れ戻せ!!!
恐れながら姫様
公務ですので…
…それより
もう少し皇后らしく振る舞ってはいかがかと
おしとやかに…
カチン
誰にもの申してる!!
そんなくちきくヒマあったらさっさと行けぇ!!
私だって好きでやってるんじゃない…

かつては…
そなたの名を教えてくれぬか
名前※…ですか
※名前を聞くことは当時は求婚の儀であった
わた…
…わた…
わたしは
わたしっ…!!
わたしふつつかものですがどうぞよろしくお願いします!!!
ぎゃー
言っちゃったーっ
恥ずかぴーっ
名は!?
落ちついて!! 質問に答えて!!
本当はうぶでいたいけな女なのに…
止まらん…
あの…
行くには行きますが手ぶらでは…
!
詠むか

君が行《ゆ》き 日《け》長くなりぬ 山尋《やまたづ》ね
サッ
あっ …マズい この流れは
迎へか行かむ 待ちにか
待たむ
あなたが行って長いわ… 山にでも迎えに行こうかな (死ぬかもしれないけど) それとも待とうかしらね (死ぬまでかもしれんけど)
ずううううん
またヤベーの作っちまった
しもたー
書記のじーじがふるえてるよ…
世慣れたじーさんすらふるわすこの威力…
すまぬ 心中察する

脅迫めいた歌ばかり歌わず
もっと可愛らしい歌を歌えと思っておるのだろう？
みなに怖がられてるのも知ってる
…まあ そうは思いますが
思うんかい
姫様のお立場は分かっております
姫様は天皇家出身ではありませんから
帝が天皇家の娘を嫁にすればお立場に関わる
一族の明暗を一身に背負う身ゆえ
気持ちを伝えるだけでは心許ないと…
もっと切実なものを歌おうとそう考えておられるのでしょ
だからしょうがないですよ
味方っ…
というか全然そんな気なかったけどいい風にとってくれてる…
ってことはつまり
私の性格あらゆる面で正解だった…!?
ありがとうじーじ私決めた
はしっ

あたい
このまま全力で
自分出してく
パァ
?
何も迷うことは
なかったんや
文を受け取った
帝はすぐに宮へ
戻った
しかし次には
私の目を盗んで
女と会うように
おかしい…
とは思ったが
無論
私は
暴れ続けた
今までより
一層強く
数年が過ぎ

なんかさ…
間違った方向に進んでない…？
やっぱり私の気持ちの伝え方がまずいのカナ…
こ…公務ですよきっと
帝の浮気は巧妙さを増していった
ただでさえ危うい立場なのにこれだと他の女にとられることもありうる…
そうすれば一族も黙ってはいないだろうし…
あのー
ん？
酒宴の盛り付けの木を採りに紀伊《きい》へ行けって？
まもなく朝儀がありますので
そこで必要な御綱柏《みつながしわ》を採ってきていただきたいと
へ…へぇ
いやいやいや…

女を家に引き入れる策略やないか…私の夫もここまであからさまになったか
愛…手詰まり…
これはいい機会ですぞ磐姫様
浮気し放題よね
いえそうではなく
素直に従う事によって帝に従順な姫様を見せる好機!!
!!
でも家空けたらまた浮気されるのでは…？
それはいつもの事じゃないですか
思い出して下され
昔の…
帝を射止めた時の磐姫様を…
…確かにやってみる価値はあるな
…というよりはやらねばならぬ

帝が気後れ
するほどの御綱柏を
持って帰るぞ!!
もしかしたらこれで何か
変わるかもしれない
もしこれで
だめだったら
その時は
また…
移動中に
破損するかも
しれぬ
多めに採れ!!
くまなく
虫を払え!!
精力的で
ございますな
じーじ

素直に奉仕するのも案外気持ちよくてな
ついハリきってしまって
初めてかもしれぬ
素直に想いを伝えるのは気持ちのいいことなんだろうな…
なんだ
最初からこうしていればよかったな
おーい
帝が女性を後宮へ招いたそうです！
むっ やはりか
いえあの…楽観してる場合じゃないですよ！

お相手は仁徳天皇が異母妹・八田皇女《やたのひめみこ》
皇族です!!
!
皇族の娘…
これは…
磐姫様のお立場に関わります！難波宮へ戻りましょう
正妃の立場を失いかねません!!
また暴れましょう!!
……
…そうだな
そうなんだが――
…皇族が相手だと
話が違うや…

山城《やましろ》 筒城岡《つつきのおか》
ザザァアアアア
ザァアア
謝るな じい
そなたに 非は無い
…いえ
磐姫様が身を 隠されるのは 私の浅略が原因
私の首を 落とされたく 存じます
スゥー
スチャ

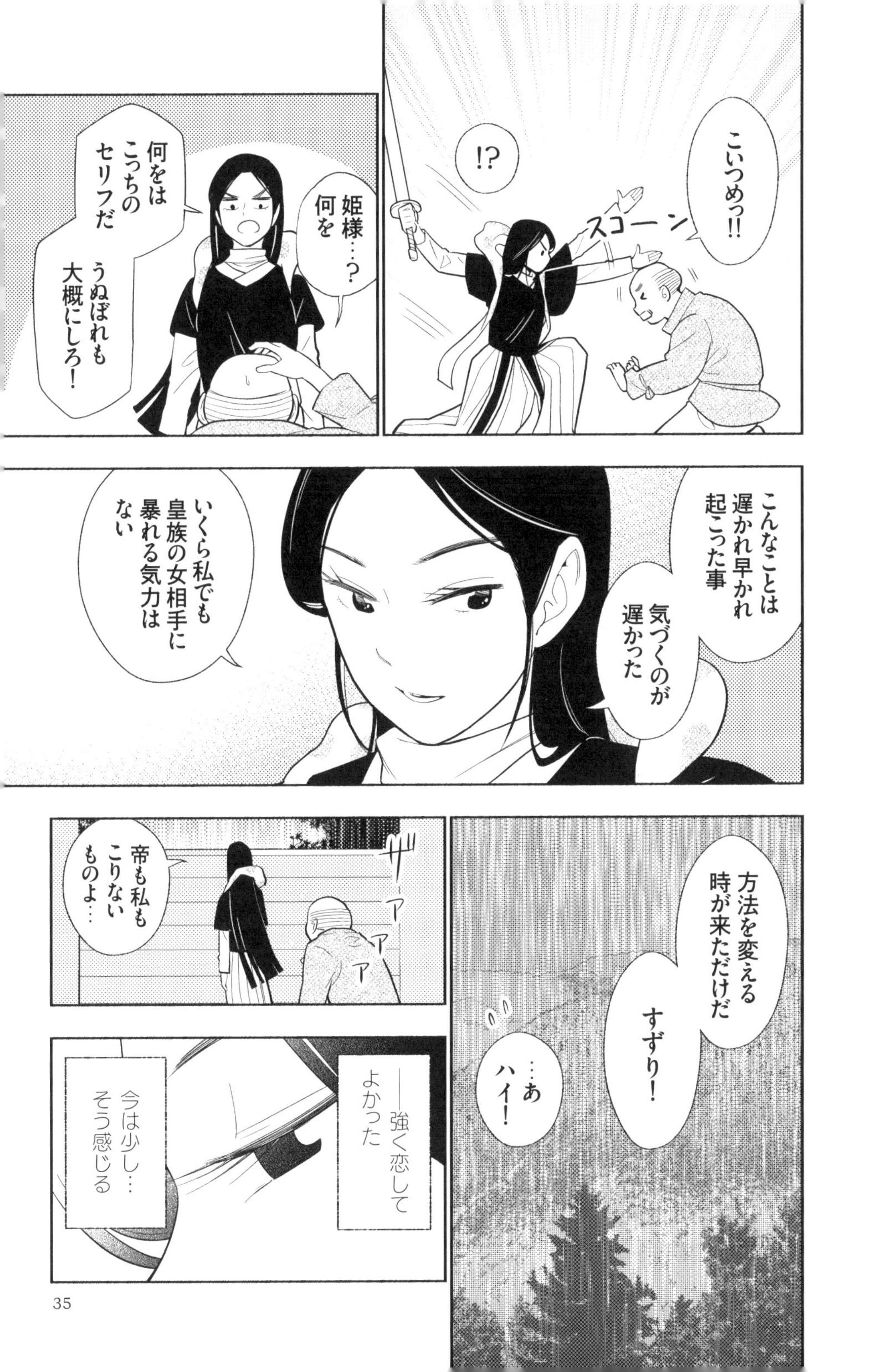
こいつめっ!!
スコーン
!?
姫様…？
何を
何をは
こっちの
セリフだ
うぬぼれも
大概にしろ！
こんなことは
遅かれ早かれ
起こった事
気づくのが
遅かった
いくら私でも
皇族の女相手に
暴れる気力は
ない
方法を変える
時が来ただけだ
すずり！
…あ
ハイ！
ザァァァ
帝も私も
こりない
ものよ…
──強く恋して
よかった
今は少し…
そう感じる

ありつつも　君をば待たむ
うちなびく　我が黒髪に　霜の置くまでに
じっとここで　あなたを待ちます
私のこの黒髪に　白いものが
まじるようになるまで

…これはまっこと
ふるふる
フフ…これで帝も私を放ってはおくまいよ
恐ろしいほどの愛だ
にこっ
この後仁徳天皇は磐姫皇后を訪ね二人は都へ戻り
磐姫皇后の正妃の座はその最期まで守られる
後の天皇となる子四人を残した磐姫皇后その人柄は後々までの語り草死没し千六百五十年経った今なお
歌や物語として伝え継がれている

いちばん古い恋の歌

万葉集には、大きく分けて、五七五七七の短歌形式の歌の他に、五七五七…と続いて最後が五七七で終わる長歌、五七七五七七と、五七七を二回繰り返す旋頭歌《せどうか》があります。すべて和歌であり、定型詩です。定型は一種の規範ですから、自然発生はしません。ある意図をもって作られ、広められたと考えられます。歌の残り具合からすると、七世紀前半、六三〇年頃が和歌の初めと見られます。推古天皇や聖徳太子によって、遣隋使が送られ、仏教が広められ、十七条憲法が作られた時代の直後です。つまり和歌は文明の産物なのですね。

さて仁徳《にんとく》天皇やその皇后磐姫《いわのひめ》は、五世紀の人です。大阪の堺市に、世界最大と言われる仁徳天皇陵があるのはご存知でしょう。本人のかどうかは疑わしいですが、仁徳が古墳時代の人なのは確かです。ではどうしてその皇后磐姫の和歌があるのか、といえば、要するに七世紀以降の誰かが、磐姫だったらこんな歌を歌うだろう、と思って作ったわけです。

私たちが、江戸時代の将軍や水戸のご老公を想像してドラマを作っているのと同じです。

古事記や日本書紀で、仁徳は民を思う立派な天皇とされていますが、一方では女好きで多くの女性との交渉が語られます。そして磐姫は激烈に嫉妬深いとされるのでした。こうした関係は、大国主命《おおくにぬしのみこと》とその妻、須勢理毘売《すせりびめ》（須佐之男命《すさのおのみこと》の娘）との間にも見られ、「英雄、色を好む」という古代の物語のパターンと考えられます。

特に磐姫は、古代では皇后は皇族出身が原則のところ、強大な勢力を誇る葛城《かづらき》氏から入った皇后です。なので、その嫉妬は個人的感情に止まらず、葛城氏の名誉にも関わっていました。仁徳が異母妹の八田《やた》皇女を自分の留守中に引き入れた時、怒った磐姫は宮に帰らず、筒城《つつき》（京都府南部）に家出をします。面白いのは、作品によって磐姫の描き方が異なることです。古事記では、家出の最中から天皇を恋い慕う歌（和歌ではない不定型の歌謡）を歌っていて、やがて天皇が迎えに来ると和解するハッピーエンドなのですが、日本書紀では、皇女と並んで妻となるなんてまっぴら、と言い放ち、天皇の迎えを拒否して筒城に止まり、そのままそこで死んでしまうバッドエンドになっています。

万葉集の磐姫は、嫉妬深いという面は見せず、煩悶しながらひたすら天皇の帰りを待つ女性として描かれています。万葉集の時代は、男が女のもとに通うのが結婚の習いでしたから、恋歌では「待つ」が女性の基本のポーズです。磐姫の歌は、いちばん古い時代の恋歌、いわばモデルとして創られ、飾られているように思われます。

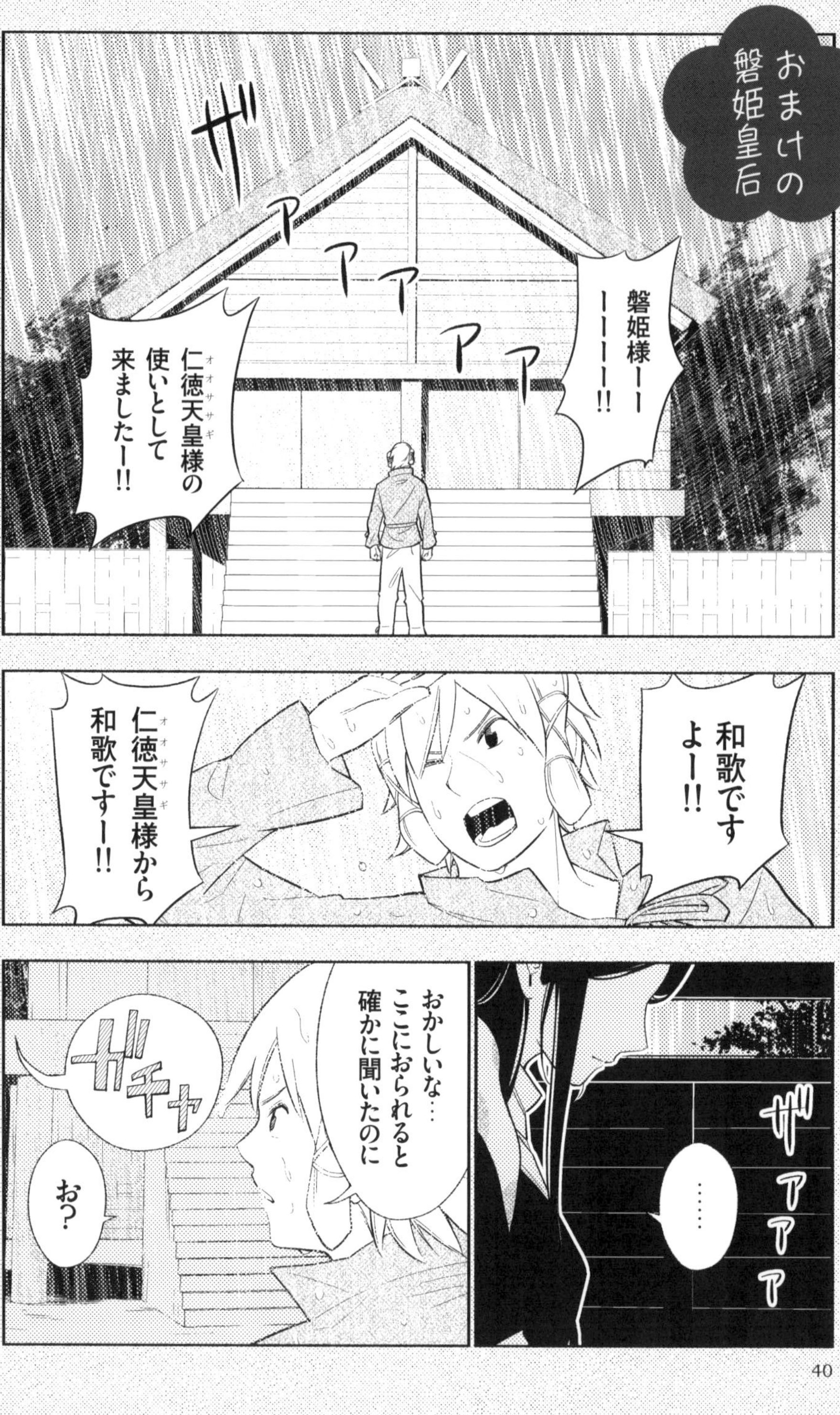
おまけの磐姫皇后
ザアアアア
磐姫様ーーーーーーー!!
仁徳《オオササギ》天皇様の使いとして来ましたー!!
和歌ですよー!!
仁徳《オオササギ》天皇様から和歌ですー!!
ザアアア
……
おかしいな…ここにおられると確かに聞いたのに
ガチャ
お?

ザァァァァァ
……
裏口の戸が
開いた音か…!?
声が響いて
俺の居場所を
勘違いされた
ようだな…
たっ
たっ
たっ
ばたん
えっ
ザァァァァァァ…
…閉まってる
すれ違った
かな…?

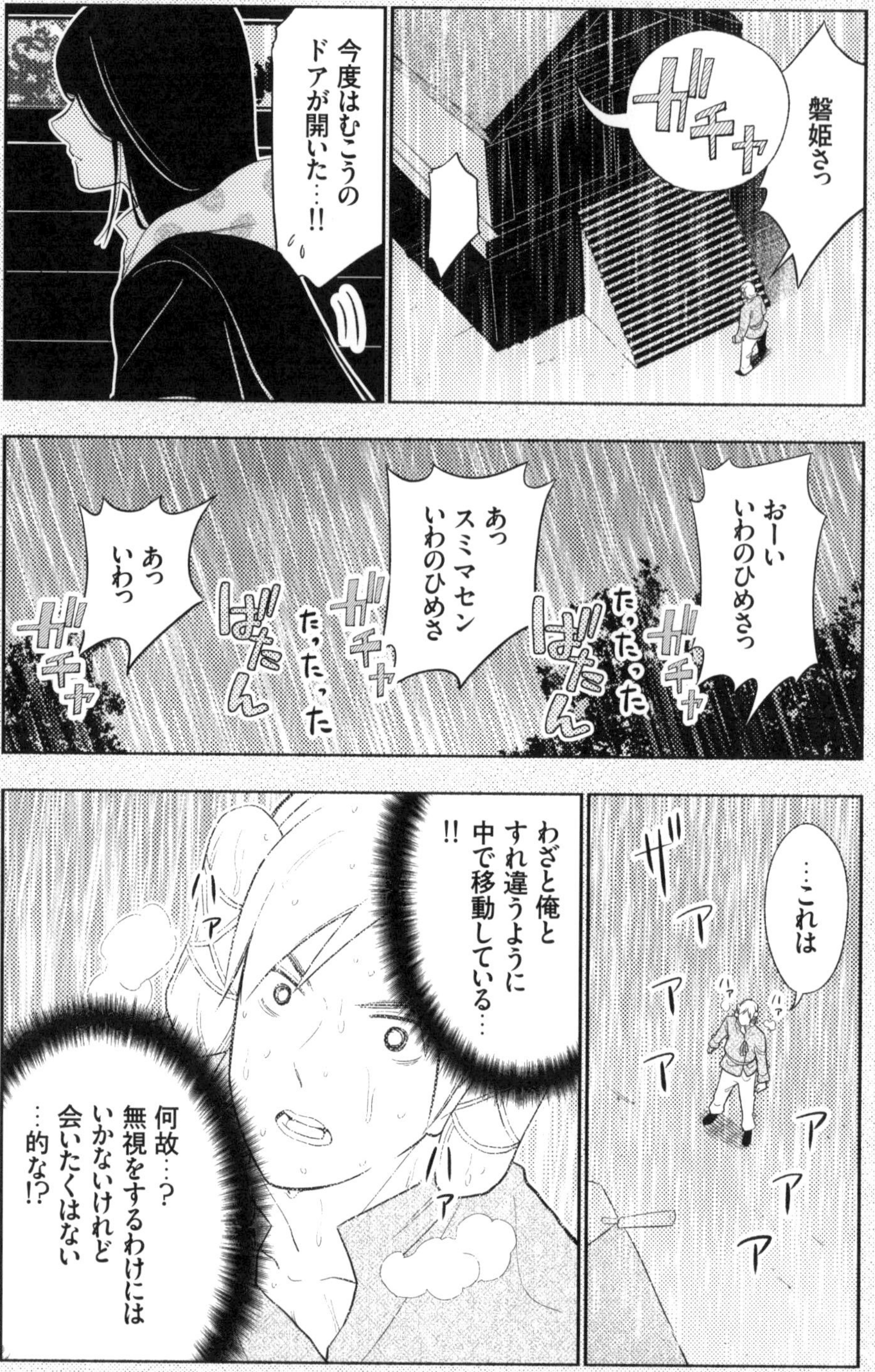

磐姫さっ
ガチャ
今度はむこうのドアが開いた…!!
おーいいわのひめさっ
ガチャ
たったった
ばたん
あっスミマセンいわのひめさ
ガチャ
たったった
ばたん
あっいわっ
ガチャ
…これは
ハァ
ザァアアアアアア
わざと俺とすれ違うように中で移動している…!!
ハァ
ハァ
何故…?無視をするわけにはいかないけれど会いたくはない…的な!?

くっ
こうなったら
ジャリッ
お目見えできるまで
踏ん張るまでよ!!
ほふく前進で
移動してやるっ
バッ
ザァァァァ
……
磐姫様…
仁徳様の御歌
聞きたくない
ので…?
…フン
そんなわけ
あるまい
使者の口から
ではなく
本人の
口から
聞きたいだけだ!!
…私は!!
あっ
そゆこと

百歳《ももとせ》に
百年尓
老《お》い舌《した》出《い》でて
老舌出而
よよむとも
与余牟友
我《あれ》はいとはじ
吾者不猒
恋《こひ》は増すとも
恋者益友

［巻四・七六四　大伴家持］

百歳になり、歯の抜けた口から舌が出て、よぼよぼになっても、私は嫌いにはなりません。恋しさが増さることはあっても

磐姫の歌の「黒髪に霜の置く」は、白髪になることの比喩ですが、恋歌に老いを歌うことは決して珍しくありません。いつまでも変わらない愛を誓うことが、恋のかなめの一つですから。

これは、大伴家持が紀女郎《きのいらつめ》に贈った歌。彼女は人妻だったのですが、夫の不倫の果てに離婚したらしい。その後接近した家持よりは、かなり年上だったようです。「神《かむ》さぶと否《いな》にはあらずはたやはたかくして後《のち》にさぶしけむかも」（七六二）（年寄りだから悟りきってお断りするのではないのですよ。もしかして、こうしてお付き合いした後で寂しい思いをするかもしれないと思って）と歌う紀女郎に、いやどんなお婆さんになっても愛し続けます、と家持は迫るのでした。

これではいくら何でも言い過ぎのように思われます。全然フォローになっていない。しかし、この「年上の女《ひと》」に家持はぞっこんだったらしく、正妻を持った後も、長く贈答を交わし続けています。

ことのは 二

巻二・九四

中臣鎌足

なかとみのかまたり

玉くしげ
玉匣

みもろの山の
将見円山乃

さな葛《かづら》
狭名葛

さ寝《ね》ずは遂《つひ》に
佐不寐者遂尓

ありかつましじ
有勝麻之自

鏡王女

？～683

舒明天皇の子、古人大兄《ふるひとのおおえ》皇子の娘とも言われる。天智天皇・中臣鎌足との間に相聞歌《そうもんか》があり、万葉集に計5首を残す。興福寺縁起に、鎌足の正妻となったと記される。

中臣鎌足

614～69

天智天皇（中大兄皇子）とともに、専横を極める蘇我氏を打倒し、「大化改新」を実現した功臣。その後も天智を補佐し、死の直前に藤原氏の名と「大織冠」の位を授かる。

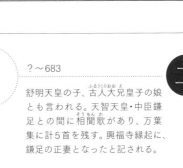

私は夫に捨てられた女
鏡王女
ようこそおいで下さいました
そして
何やら私の部屋で漁っている三十歳ほど年上のこのおじさんが
あれーないなー
私の新夫中臣鎌足
中臣鎌足
私の今日の願い《ミッション》は一つ
こいつに早く帰ってもらう事…！
家に

私は皇族に生まれ
宮廷で知性と美しさを
磨いていく中
中大兄《なかのおおえの》皇子《みこ》に
見初められた
私たちの間に
子供こそ生まれ
なかったが
歌の贈答などを
していく中で
愛を深めている
つもりでいた
けれど
彼が愛していたのは
政治の方だったようで
臣下への最上の褒美
という形で
中臣鎌足に
下賜された
物のように
私はこの人の
顔も見たくないが…
この人だって
別に私の事など…

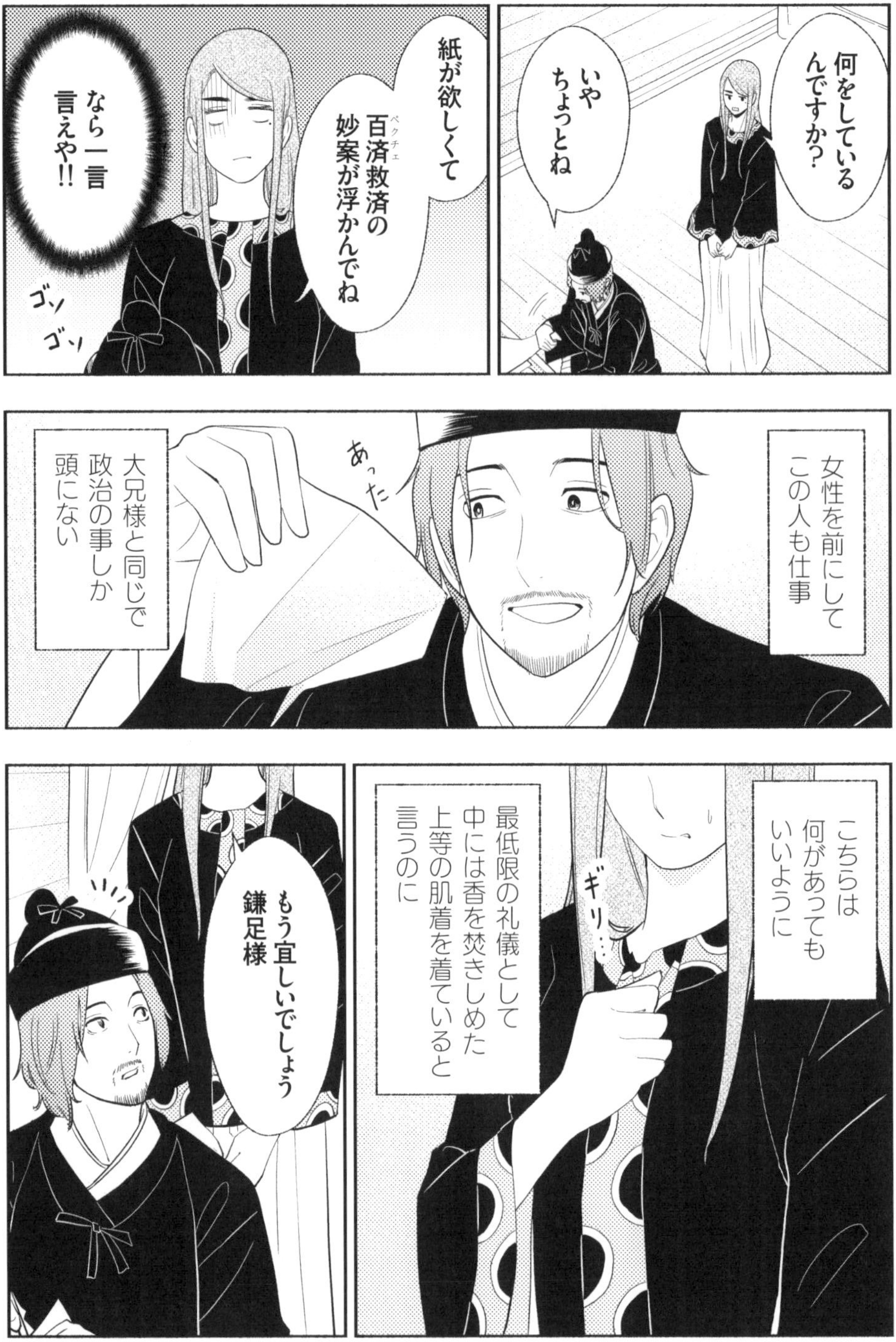
何をしているんですか?
いや
ちょっとね
紙が欲しくて
百済《ペクチェ》救済の妙案が浮かんでね
なら一言
言えや!!
ゴッ
ゴッ
女性を前にしてこの人も仕事
あった
大兄様と同じで政治の事しか頭にない
こちらは何があってもいいように
最低限の礼儀として中には香を焚きしめた上等の肌着を着ていると言うのに
ギリ…
もう宜しいでしょう
鎌足様

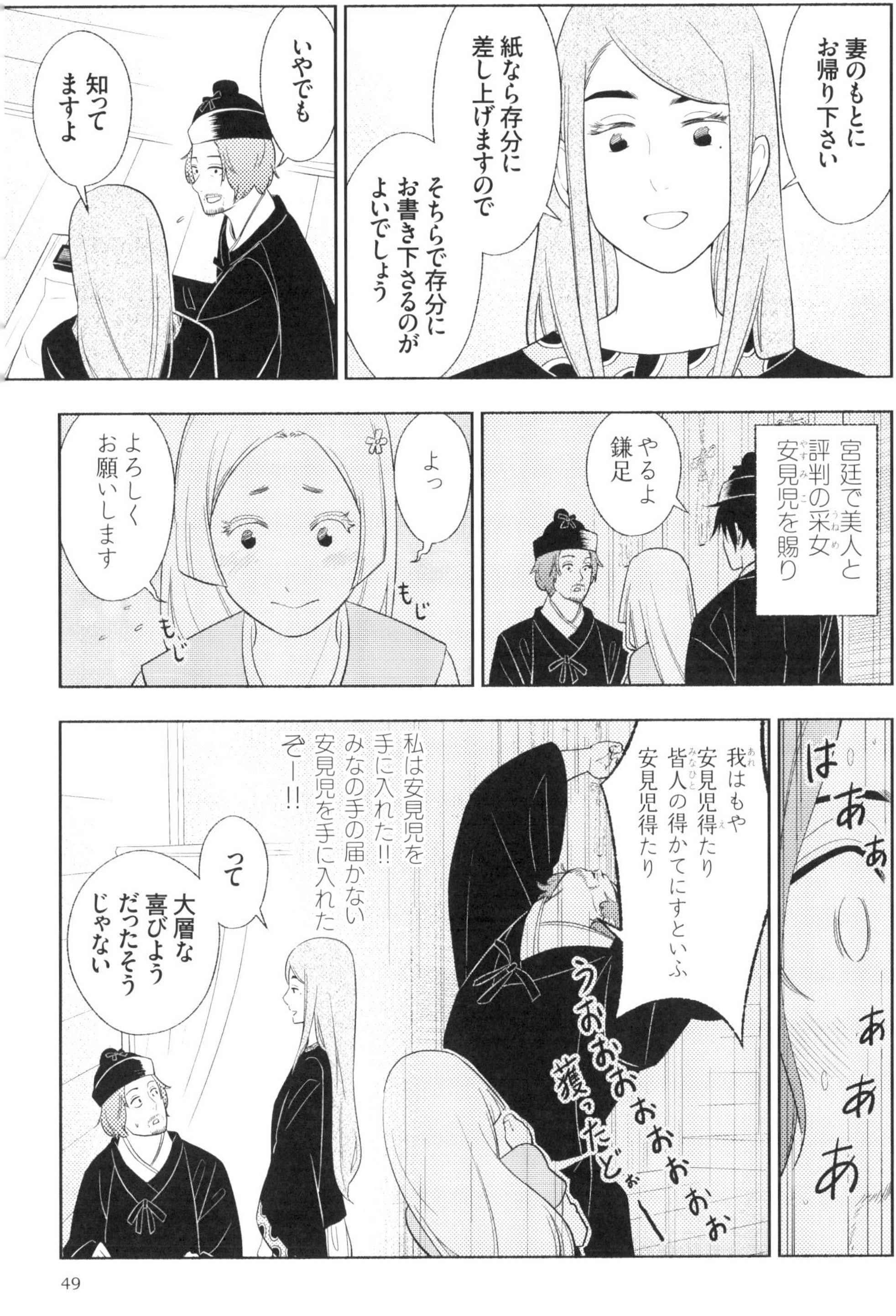
妻のもとにお帰り下さい
紙なら存分に差し上げますので
そちらで存分にお書き下さるのがよいでしょう
いやでも
知ってますよ
宮廷で美人と評判の采女《うねめ》安見児《やすみこ》を賜り
やるよ鎌足
よっ
もじもじ
よろしくお願いします
はあああああ
我《あれ》はもや安見児得《え》たり皆人《みなひと》の得かてにすといふ安見児得たり
うおおおおおお獲ったどぉー
私は安見児を手に入れた!!みなの手の届かない安見児を手に入れたぞーー!!
って
大層な喜びようだったそうじゃない

あなたも その人と一緒に いた方が…
いやそいつは 演技だよ
好きな フリ
僕が大喜びすれば 〝采女って凄いんだ〟 って事になるだろ
そしたら 中大兄くんの 子らの立場も 強くなるからさ
彼女の事は どうも思っちゃ いないよ
……!!
くっ…やはり 行動の一つ一つが 政治的判断…
全く油断 ならない
──でもね
つらそうにしてる君の 助けになるかなとも 思ったんだよ
!

僕は所詮豪族だ
僕に嫁いだ君を落ち目に思わせないためには
僕が前例のないほどの厚遇を受けていると誇示する必要がある
君の降格ではなく僕の特別待遇だと印象付ける狙いだ
…そうですか
お気遣いありがとうございます
…私のため？
僕はね
一生をかけて君を守るつもりなんだ

初めて君を見た時…
この世が華やいで見えた
この世のものとは思えなかった
ものの情緒には疎い僕だけど
花鳥風月 四季折々のものが君を飾る様を楽しく見ることができた
君はそれほどまでにすべてが美しい
はしっ
ちょっと… 何この流れ!? どさくさに紛れて何を…
――だから
だから中大兄くんに見初められたわけだけど
!?
優れているが並外れた歌は歌わず
妹分の額田王《ぬかたのおおきみ》に水をあけられ
血筋は優れているが
もうそこまで若いわけでもない
えと… つまり…?

君は誰かに守られないと
どんどん落ちぶれちゃう
何ぞそれ
だから何だってのよ!!
ドン
だから僕が代わりに頑張るって話だよ
あー
そー!!
私の事を考えてくれてありがとう
…でも
——分かってない

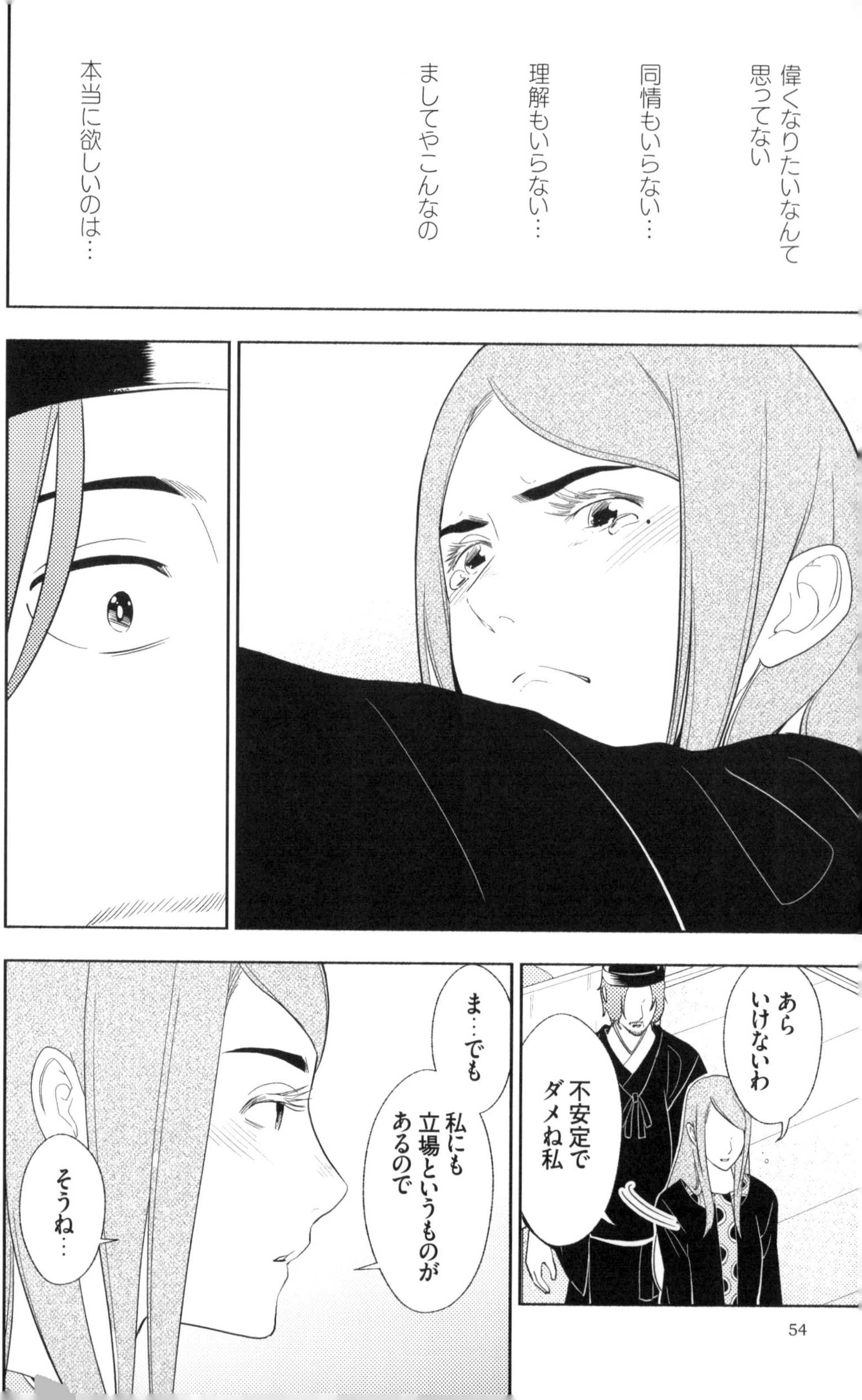
偉くなりたいなんて
思ってない
同情もいらない…
理解もいらない…
ましてやこんなの
本当に欲しいのは…
あら
いけないわ
不安定で
ダメね私
ま…でも
私にも
立場というものが
あるので
そうね…

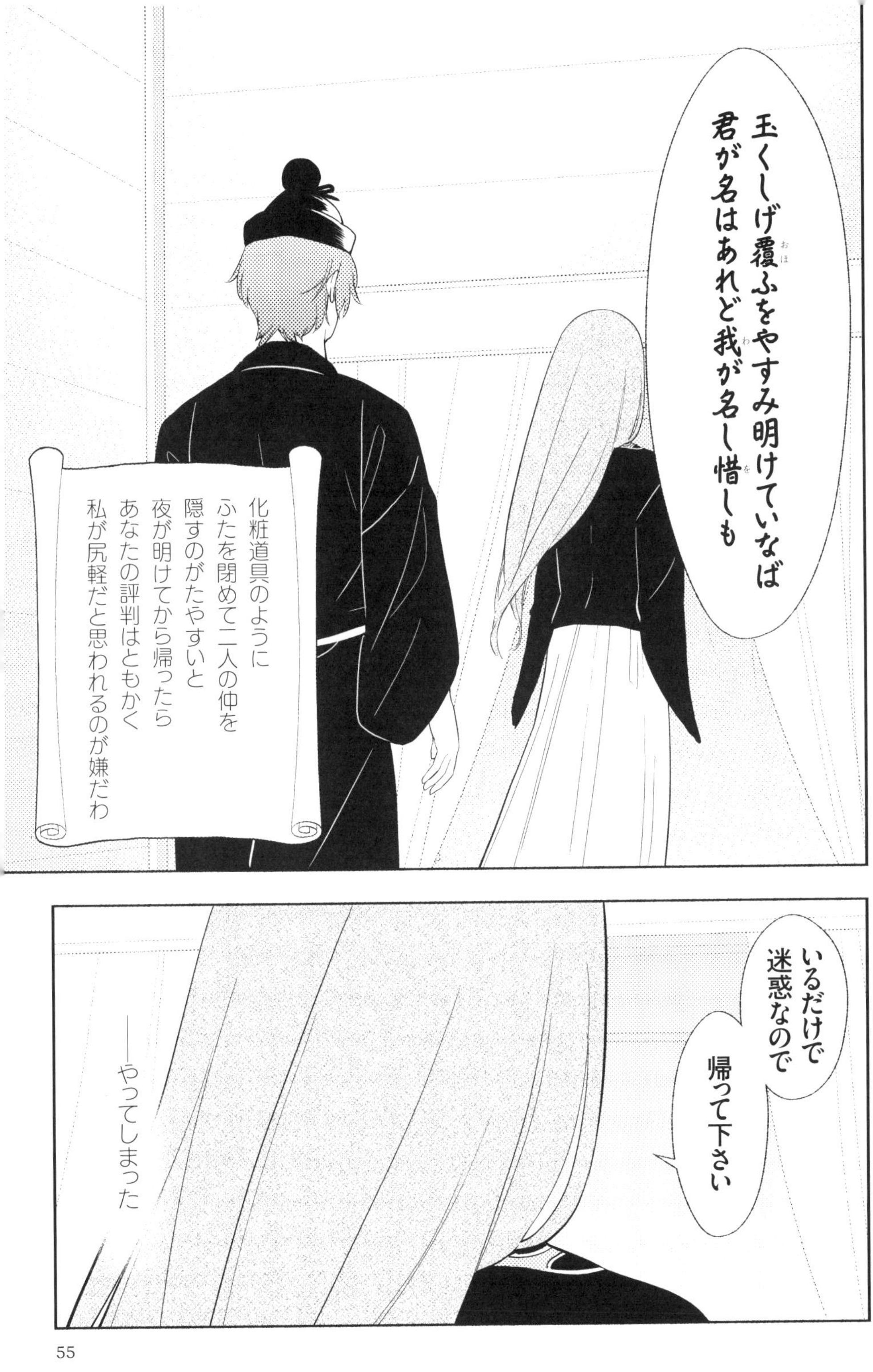
玉くしげ覆《おほ》ふをやすみ明けていなば
君が名はあれど我《わ》が名し惜《を》しも
化粧道具のように
ふたを閉めて二人の仲を
隠すのがたやすいと
夜が明けてから帰ったら
あなたの評判はともかく
私が尻軽だと思われるのが嫌だわ
いるだけで
迷惑なので
帰って下さい
——やってしまった

天下の内臣中臣鎌足に
これだけ恥をかかせて
ただでは済むまい
子も産まぬ私には
政略における存在価値も
認められない
いっそこのまま
終わった方が
清々しくもある
…か
ザッ
ザッザッザッザッ
ザ
ん？
!!?
ぼっ
が
寝よっか
何で!?
話聞いてた？

僕が無理やり寝込みを襲った事にすればいいから
いやでも
君の魅力に負けたって言うから
だから
どたどたどた
君の道具のような立場は分かるけど
そこを僕の喜び力で何とかするから
!!
だから大丈夫
むっ……ぐっ
私の気持ちはどうなるんですか!!
あなたの事なんか好きでもなんでもないんだから!!
…だったら仕方がない
あまり得意な方じゃないんだけど
和歌で君を惚れさす
!

玉くしげみもろの山のさな葛
さ寝ずは遂にありかつましじ

君はダメって言うけど
三室山のサネカズラじゃないけど
君と「――さ《サ》あ寝《ネ》ず《ズ》におくか」なんて
我慢し通すなんてできないよ
ねっ
そんな感じ

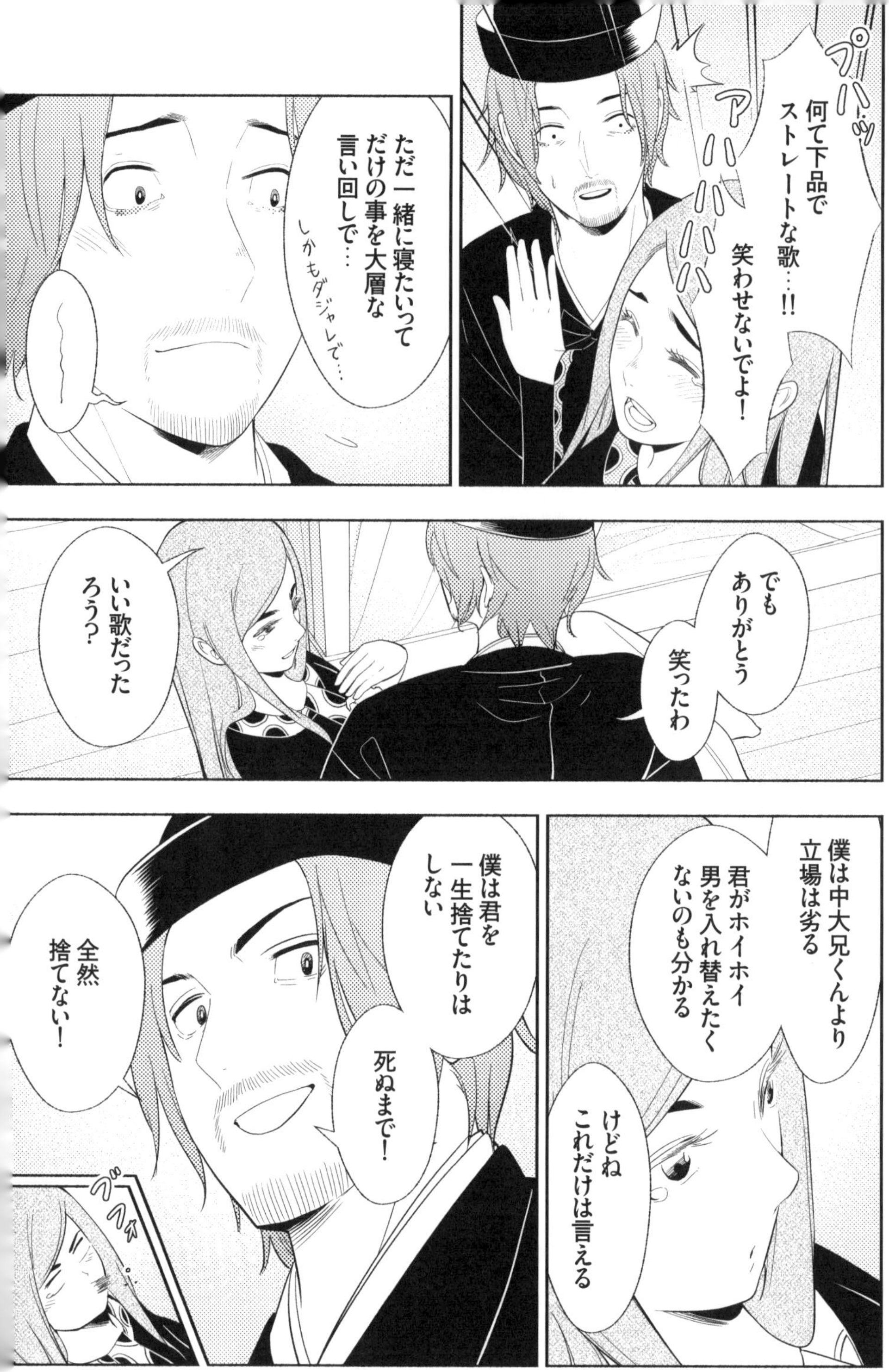

プハッ
アハハハハ
何て下品でストレートな歌…!!
笑わせないでよ!
ただ一緒に寝たいってだけの事を大層な言い回しで…
しかもダジャレで…
でもありがとう
笑ったわ
いい歌だったろう?
僕は中大兄くんより立場は劣る
君がホイホイ男を入れ替えたくないのも分かる
けどね
これだけは言える
僕は君を一生捨てたりはしない
死ぬまで!
全然捨てない!
ブフォ

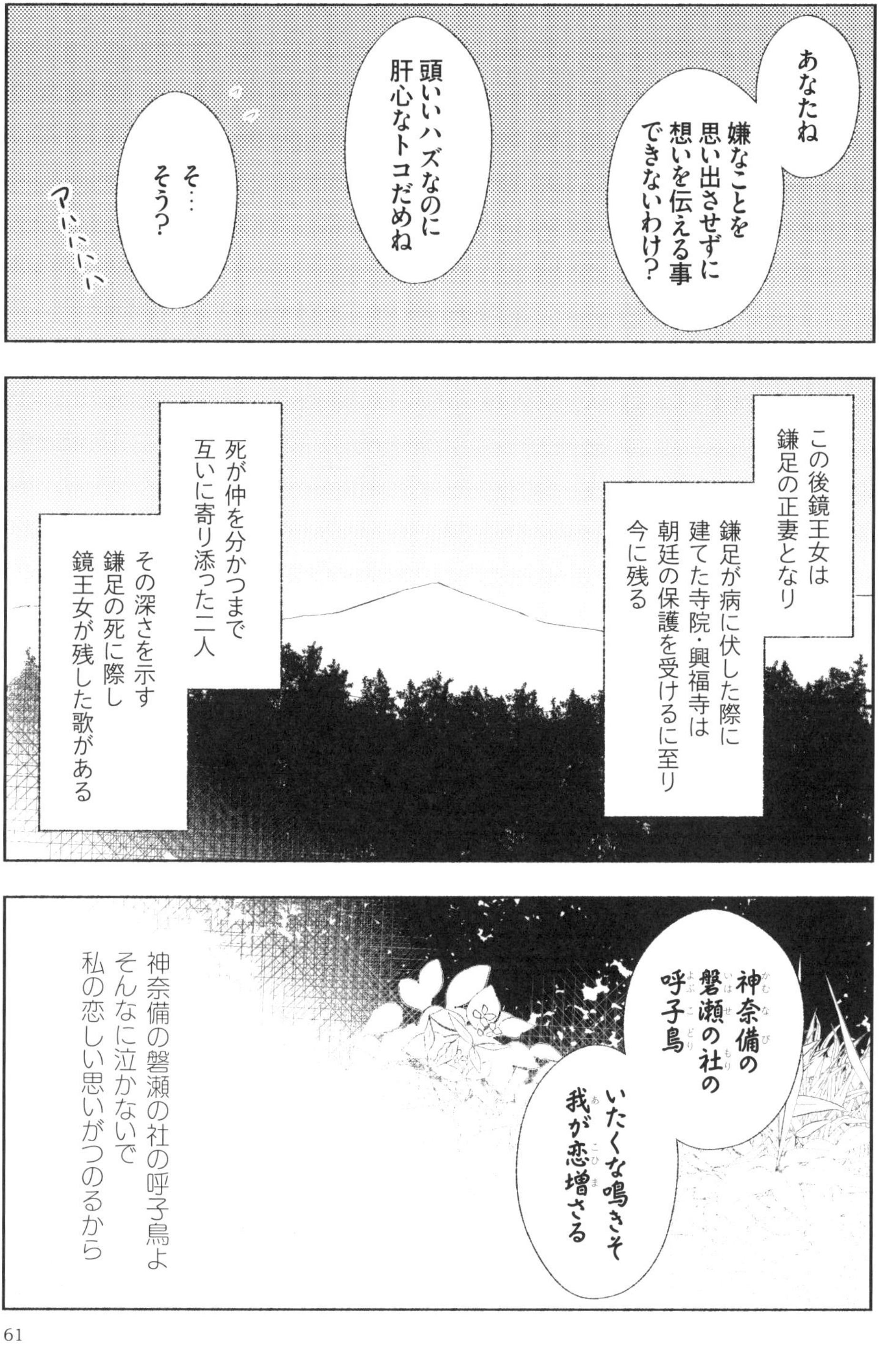
あなたね
嫌なことを思い出させずに想いを伝える事できないわけ？
頭いいハズなのに肝心なトコだめね
そ…そう？
この後鏡王女は鎌足の正妻となり
鎌足が病に伏した際に建てた寺院・興福寺は朝廷の保護を受けるに至り今に残る
死が仲を分かつまで互いに寄り添った二人
その深さを示す鎌足の死に際し鏡王女が残した歌がある
神奈備《かむなび》の磐瀬《いはせ》の社《もり》の呼子鳥《よぶこどり》
いたくな鳴きそ我《あ》が恋《こひ》増《ま》さる
神奈備の磐瀬の社の呼子鳥よ
そんなに泣かないで
私の恋しい思いがつのるから

天皇から賜った高貴な女性へ

鏡王女《かがみのおおきみ》という人が、どういう生まれなのかはよく分かっていません。「…王女」という名は万葉集にも他の文献にも見えず、律令制度が整う前の独自の称号と見られます。しかし「御歌」と記されることもあって、天皇の孫にあたる貴人だったことは確かです。

鏡王女には、天智天皇との間に相聞歌があります。

妹《いも》が家《いへ》も継《つ》ぎて見ましを大和《やまと》なる大島《おほしま》の嶺《ね》に家もあらましを（九一）

——君の家だけでもいつも見たいのになあ
ここから見える大和の大島の峰に君の家があったらなあ

秋山の木《こ》の下隠《したがく》り行《ゆ》く水の我《あれ》こそまさめ思ほすよりは（九二）

——秋の山の紅葉の下に隠れて行く川の水かさが増してゆく、ではありませんけど、
私の方こそ増さっているのですよ、あなた様が思って下さるよりは

堂々と天皇と渡り合いながら、自分の恋の思いの強さを伝えています。

しかし鏡王女は中臣鎌足の正妻になって、その後の藤原氏が隆盛する基を築きました（藤原という姓は、鎌足が亡くなる直前に天智から賜ったものです）。それは、鎌足が天智から鏡王女を賜った、ということでしょう。天智と鎌足は、ともに戦って蘇我氏を倒し、「大化改新」をなしとげた盟友でした。その仲を更に強固にするために、女性を与えるのです。

鎌足が采女《うねめ》安見児《やすみこ》を娶《めと》ったのも同じです。采女とは、地方豪族から、自分の娘や妹を天皇に対して奉り、服従の印とした制度です。言わば天皇の私物であり、天皇の側に仕えて、皇子女を産むこともありました。逆に臣下が無断で通じたら不敬罪で死刑になることもありました。鎌足が安見児を得たのは、特に天智の許しがあったからで、「皆人《みなひと》の得かてにすといふ安見児得たり」と喜ぶのは、自分の政治的地位が盤石である証拠でもあるからです。

えっ、それって政略結婚じゃないの、とか、人身売買みたい、と思われるでしょう。もちろん、私たちの人権意識にあてはめたら許されることではありません。しかし古代の支配者層ではそれが常識だったわけです。そして、そういう男女関係に愛情が無いわけではない。むしろそういう背景を持つからこそ、彼らは全身全霊をかけて愛し合わなければならないのです。

高貴な女性、鏡王女は臣下である鎌足の求婚を手ひどく撥ねつけています。しかし鎌足は相手の言葉を利用して食い下がり、ついには彼女を妻にすることができたのでした。

おまけの鏡王女
額田王と鏡王女が共に中大兄の妻だった頃
額田は中大兄様に大事にされているんだからもっと楽しそうにしたらどうなの？
どうしたの？姉御
私も結構つらい思いしてるわよ
すれ違い様にニラまれたりとか…
額田王
不幸ぶるのやめて頂戴
歌ってみなさいよ今の気持ち
そうしたら分かるわ
えっ…えー…

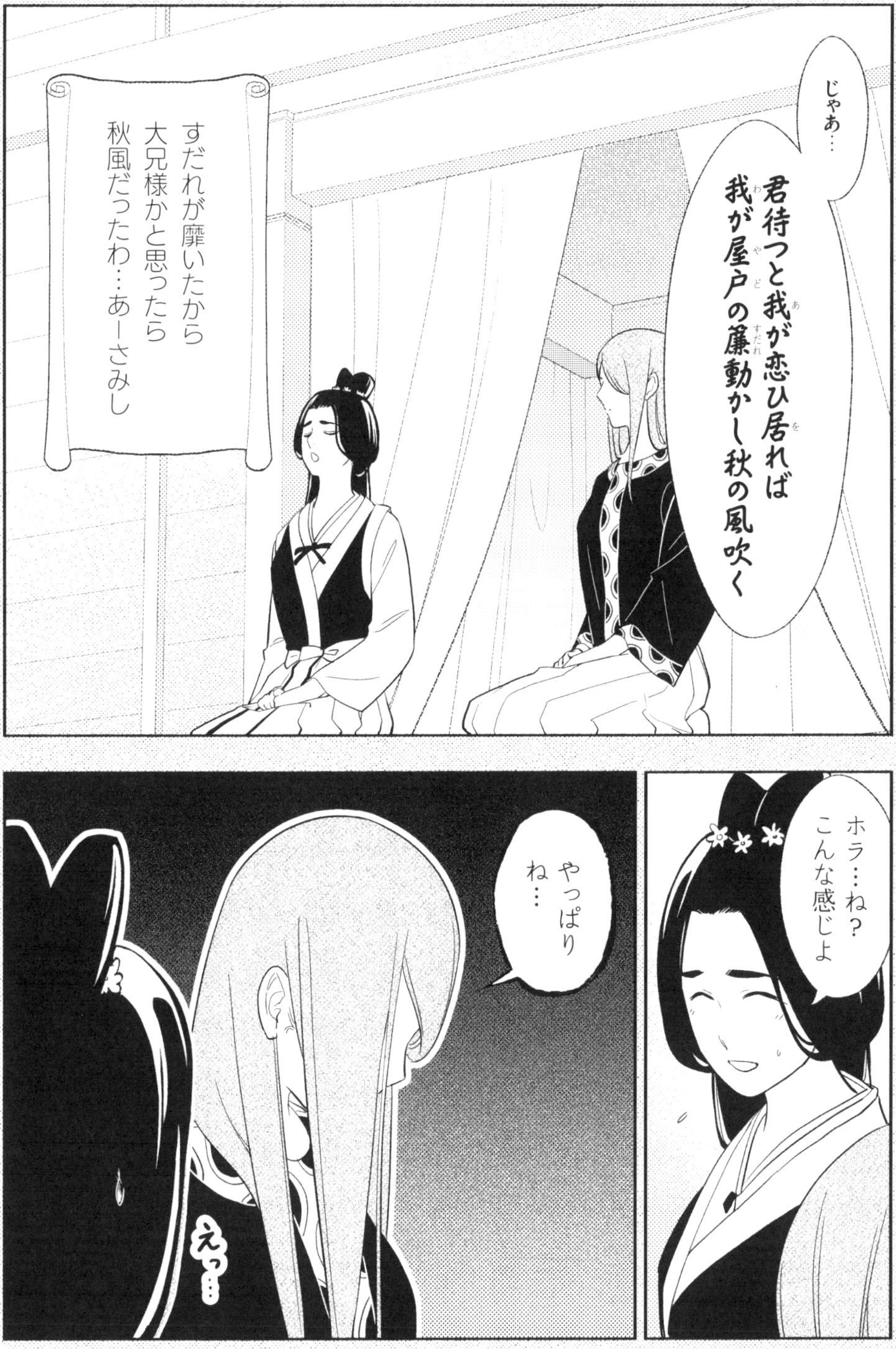
じゃあ…
君待つと我《あ》が恋ひ居《を》れば
我《わ》が屋戸《やど》の簾《すだれ》動かし秋の風吹く
すだれが靡いたから
大兄様かと思ったら
秋風だったわ…あーさみし
ホラ…ね？
こんな感じよ
やっぱり
ね…
えっ…

ボソ
風をだに恋ふるはともし
風をだに来《こ》むとし待たば何か嘆かむ
ボソボソボソ
ボソボソ
風だったとしても恋しがる相手が
いるのは羨ましいわ
「来ないかなぁ」って待てるあなたが
何を嘆いているのよ
あたしの所には来ないのよ奴は
あたしは待つ選択肢なんてとうに無いの
ゴゴゴゴゴ
ガタガタガタガタ
ガタガタ～…ガタ
あたしに比べたらあなたは恵まれてる
分かる？…だから
私の前ではもっと幸せそうにせえ!!
は…はいぃ
…——って

あのときの私
どうかしてたわ…
額田には
悪い事したナ…
昔は昔
今は今だよ鏡
僕は君に
そんな思いさせたり
しない!!
誓うよ!!
鎌やん…
あ…でも
アレか
僕の方が鏡より先に
死んじゃうだろうから
もう一回同じようなこと
起きそうだね
よし!
今のうちに額田に
謝っておこう
カー
カー
カー
待ってやめて
変な事言わないで
もう大丈夫だから
無かったことに
させてぇっ

春されば
しだり柳《やなぎ》の
とををにも
妹《いも》は心に
乗りにけるかも

春去
為垂柳
十緒
妹心
乗在鴨

［巻十・一八九六　柿本人麻呂歌集］

春になるとしだれ柳がたわわになるように、あなたは私の心にすっかり乗りかかってしまったなあ

鎌足の歌は、「玉櫛笥《くしげ》」（美しい櫛の箱）が「玉櫛笥の中を見る」という形で「みもろの山」（三輪山）を引き出し、更に「さな葛」（蔓性の植物）が似た音の「さ寝」を引き出す、という形になっています。こういう表現を序詞といいます。この歌は二段構えの序詞です。

序詞のような修辞は、とかく無駄なものと見なされがちなのですが、決してそうではありません。和歌を和歌らしくしているのは序詞などの修辞で、むしろ修辞こそが歌人の腕の見せ所なのです。「春されば」の歌は、春の芽吹いた柳が重そうに垂れているのを、相手が自分の心にのしかかっている重みの比喩にしています。実は「妹は心に乗りにけるかも」という下の句を持つ歌は、万葉集に六首もあって、「大船《おほぶね》に葦荷《あしに》刈り積みしみみ（たっぷりと）にも」（二七四八）とか、「いざりする海人《あま》の梶の音《おと》ゆくらかに（ゆっくりと）」（三一七四）など、それぞれ独自の序詞によって彩られているのです。

ことのは 三

巻一・二〇　額田王（ぬかたのおおきみ）

あかねさす
茜草指
紫草《むらさき》野《の》行《ゆ》き
武良前野逝
標《しめ》野《の》行き
標野行
野《の》守《もり》は見ずや
野守者不見哉
君が袖《そで》振る
君之袖布流

天武天皇

631?〜686

舒明天皇と皇極（斉明）天皇との間の子。もと大海人皇子。同母兄天智天皇の子、大友皇子と壬申の乱を戦い、勝利して即位。都城や法令など国家体制の整備に努めた。

額田王

7世紀中頃の人

万葉集に皇極朝（642〜5）から持統朝（686〜97）まで計13首を残す。天武天皇との間に十市皇女を生み、後に天智天皇の後宮に入ったらしい。

返歌の仕方を教えてくれ!
大海人皇子
この人は元夫
そしてこれは私 宮廷歌人
嫌です
額田王
重要な行事で天皇の代わりに歌を歌うなどしている
私たちは私の今の夫中大兄皇子に無理難題をふっかけられている
今度の酒宴で大海人と歌の贈答をやれ
ズウウウウウン
自分の歌の返歌考えるなんて
いくら私でもそれは嫌よ
えー
そこを何とか
甘えないで!
ヒッ

さすが大兄の妻は違うな
…でもさ元夫と元妻の仲じゃん
なおさら嫌よ
この人は分かっていない
私の怒りを
そっかぁ
ある意味この人は私を捨てた男
額田クレ
イイヨ
手を貸す義理などない
つまらない歌を歌えばいい
くっ
じゃあ…
ちょっとお前の蔵書だけ見させてくれや
……
——けれど

私も歌えるのだろうかこの人に
酒宴の戯れ歌――作り事になるとは言え
浅はかなものにならないだろうか――
二十六年前――
何でこんな歌が宮廷行事で使われてるのかしらねぇ
私が代わりに歌いたいわ
ダサすぎるわ
はぁ…!
私は自分の力を持て余していた

額田様の歌の実力があればひっぱりだこでしょうに
…そうね
立場… それだけが――
ワイワイ
キャッ キャッ
!
何の騒ぎ?
あれは大海人様と中大兄様です
額田様は和歌に夢中ですからご存知ないでしょうが
いずれ皇位につく方々と評判です
次期皇位…?
大兄様がまずおつきになるでしょうね
大兄様には鎌足様がいらっしゃいますが
大海人様にはそういった方がいらっしゃらないので

おや
奇遇ですね
出世の道を
大海人に託した
近江比良宮《おうみひらのみや》
ホホホ
ええもう
綺麗な花が
咲いてるなと
思いまして
ウフフ
この人の妻になれば
私の立場は強くなる
私の歌をみなに
知らしめることが
できる
どす黒い
政治の世界
この
笑顔の下に
何があるか
…怖い！
…でも
オトス
!!
大海人
皇子…
!!
こういう所に
来たならやはり
必要ですよねぇ
歌が
へ

ですね
御幸《みゆき》には優れた歌がつきものですから
ですねぇ
アハハ
なら今歌えますか
えっ
いや僕はちょっと…ハハ
今すぐは難しいかなぁ
そうですかぁ
ウフフ
…よし
今です!!
ザッ
秋の野のみ草刈《か》り葺《ふ》き宿れりし宇治《うぢ》のみやこの仮廬《かりいほ》し思ほゆ
秋の野に生える草を刈って その草で屋根を葺いて泊まられた 宇治の仮の宿… あそこが偲ばれますねぇ
サラサラサラ
なんて…
こんな歌を歌える人があなたのそばにいたらいいんじゃないかと思えますが…
あっ つい書き留めちゃった
よし…これは

イケたん ちゃうか…!!
大海人は野心家 文化面に優れた力を 持った相棒を必要と している
これだけの歌を 即座に作りこむ人を 野放しにする皇族は いない
どうだ!!
!!?
あれ!!?
あ…スミマセン ちょっと情報が 洪水で…
ハハハ
い…いいん ですのよ
フフフ…
当時彼はまだ 和歌に疎かった
選択ミス… 婚活作戦失敗… 彼がだめだからと 中大兄皇子の もとに行くのは さすがにできない
だくだくだく
終わった… 故郷に帰ろう…
あ…でも

あなたの気持ちは分かった
野心家の僕に取り入ろうと実力を見せつけたのでしょう
そのために偶然を装いここに来たと
君見かけによらずしたたかだね
ハハハ
……！
ギエッ…
バレてる!!
皇族ナメテタ…全部見透かされてる…恥ずかしい
…いやむしろ殺されたりして…
ガタガタ
ブルブル
——そんで
俺はその手にまんまとひっかかっちまったようだ
お前みたいなやつ好きだぜ
一緒に出世しよう！
えーっさわやかぁっ
私にないものもってるぅ
ヒャイっ！（ハイッ）
私は大海人に惚れた
これ以降私は宮廷歌人として各種催しにひっぱりだこ
熟田津に船乗りせむと月待てば潮もかなひぬ今は漕ぎ出でな〜
歌人としての地位も築き子も生まれ順風満帆だった

――けれど人生とは
単純にはいかない
ものでで
額田の歌が
欲しい
言霊の力だ
娘をやる
代わりに
額田王を
差し出せ
大海人も
力を持ってる
断ると
思った
ママ
……
喜んで――
あの笑顔は
嘘だったのか
彼を踏み台に
しようとした
神罰だろうか
……

そんな男に
歌う歌——
カチャ
カチャ
これ借りてもいいか？
さすがにイイモン揃ってんなぁ
……
嫌です
え…
私の全力の歌に
一夜漬けで答えられたらたまらない
ハハ…だよな
でもいいぜ…俺の目的はもう果たされたし
歌う前に顔見ときたかったんだ
実は
！

返歌
楽しみにしてて
くれよ
大海人が舞を
舞っている
やや
無骨な舞
紫草と
禁野のしるしと
その番人
我が夫の大兄様を
盛り立てつつも
美しい歌を

では大海人様の舞も終わったことですし
ワアアッ
額田様締めにひと歌お願いします！
難しい局面
あかねさす紫草野行き標野行き野守は見ずや君が袖振る
紫草の生える野…狩場のしるしを張った野を行きながらそんな風に私に袖を振ってはみなにあなたの気持ちがバレてしまいますよ
ぶっ

アハハハハ
大海人殿の
舞をそんな…
ぶっ
ワハハハ
こらっ
笑ったら
いかんぞ
いやでも
アハハ
ワァァ
みっともない
復讐かしら…
ハハハハ
ハハ
では
大海人
様
返歌を!!
ウホン
えー

紫草《むらさき》のにほへる妹《いも》を
憎くあらば
人妻《ひとづま》故《ゆゑ》に我《あれ》恋ひめやも
紫草のように美しさをふりまいているのは
お前だ
それを嫌いになるなどできるか
人妻になっても恋い焦がれてやってる
ってのにその態度は何だ
う…
上手い…！
額田様も
これは
一本取られ
ましたな！
オオオッ
ハハハハハ
ワハハハハ
すげー
これは――

何と上手く歌えるものか
ワァァァ
ハハハ
政治家としても男としても優れた
誰も傷つけず凛々しく完璧な返歌
オォォー
大丈夫ですかこんな歌を
彼は大王の妻を
ハハハ
フン
ワイワイ
ハハハハ
お前も少しは政治を学べ
伊達に額田と半生を共にしてない
それだけのことだ

この二つの歌は
酒宴の際に歌われたとされる
雑歌《ぞうか》に分類されるものだが
その応答の質の高さから
美しい愛の贈答としても
人の語り草となり
今なお
その響きは
万葉秀歌の随一として
語り継がれている

才能あふれる宮廷の花

額田王《ぬかたのおおきみ》は、日本書紀では、天武天皇の妻たちを紹介するところに出てきます。鏡王という皇族の娘で、天武との間に、十市《とおち》皇女という娘をもうけたと伝えます。ただしその部分は、皇后である鸕野《うの》皇女（後の持統天皇。天智天皇の娘）を筆頭として、妃（いずれも天智の娘たち）・夫人（大豪族の娘たち）といった序列に従って記されており、額田王は彼女たちの後に回されていますから、皇族といってもそれほど高い身分ではありません。ただし十市皇女は、天武天皇の一番年上の皇子であった高市《たけち》皇子より前に記されているので、おそらく天武の最初の子であったと思われます。つまり額田王は天武の最初の妻なのです。

しかし万葉集では、額田王は、天智天皇の妻として扱われています。「君待つと我《あ》が恋ひ居《を》れば」の歌の題詞には、「近江《あふみの》天皇を思《しの》ひて作る歌」とあります。「近江天皇」とは、近江の大津の宮に遷都した（六六七）天智天皇のことです。そして天智天皇が亡くなった時（六七一）の挽歌《ばんか》を、天智の後宮に居た女性たちとともに歌っています。

先ほど述べたように、天武は、天智の娘たちを多く妻にしているのでした。要するに、ここでも、権力者同士の間に女性の交換が行われたと見られるのです。天智と天武は、同母兄弟ですけれども、それぞれに支持する勢力があり、ライバル同士でもありました。政治の方針をめぐって、対立もあったようです。女性をやりとりすることは、その均衡を保つために必要なことでもあったのでした。

額田王は、鏡王女のような高貴さよりも、その才能に価値があったのでしょう（二人を姉妹とする説もありますが、鏡王女が皇子の娘と見られるのに対し、額田王は鏡王の娘ですから誤りでしょう。ただし鏡王女と鏡王の名は、ともに鏡作氏が養育したことに由来すると見られるので、二人が近い関係にあった可能性はあります）。

額田王は、行幸や狩、宴など、天皇臨席の場で和歌を詠いあげています。その場の気分を代表しながら盛り上げ、一体感を作り出します。蒲生野《かもうの》の狩も、五月五日の節句に行われた、朝廷による一大ページェントでした。実はこの行事が行われた時（六六八）、額田王は既に孫（十市皇女と大友皇子の間の子、葛野王《かどののおおきみ》）も生まれようかという年でしたが、そうした実年齢とは関係なく、誘いながら逃げるような、危ない恋を楽しむ女を演じています。そして、それに応じて、あなたに夫が居ることを承知で恋い慕っているのだ、と歌うのは、元の夫天武（当時は皇太子大海人皇子）でした。額田王は、そうした際どい虚構まで許されるようなスターだったのです。

おまけの額田王
大兄様と和歌のやりとり？
えっ
ないわよ
あの人にそんな人間らしい心はないわよ
うーん
まあそうかぁ…
最近愛に目覚めたのかと思ったが
何の話？
ススス
姉御
あるわよむつまじい歌のやりとり
えっウソ

妹《いも》が家《いへ》も継《つ》ぎて見ましを
大和《やまと》なる大島《おほしま》の嶺《ね》に家もあらましを
君の家を見たい
大和の大島の山に
君の家があったらいいのになァ
うわめっちゃ
まとも！
ってかむしろ何か
可愛さすらある!!
えええっ
うそだろっ
今の兄貴からは
想像もできんぞ！
そうねえ
私と深い仲に
あった時は
心ある人だった
んだけどねえ
フーン
あれ…
何か自慢気…

けど…
その頃といえば
あの時期だな
斉明天皇
うう〜
母さぁ〜ん
こいしくなるよぉ〜
中大兄皇子
ひぃ〜ん
母が死に
泣き叫ぶ
中大兄の図
これがまた
胡散臭いんだよ
なぁ
次期天皇らしく
振舞ってるだけなの
まる分かり！
誰もツッコめないけど
それまでの
扱いとか
ひどかったのに
突然ねぇ
……
!!!
その時から既に
すべて計算ずくで
動く男だったし
姉御に対する
その歌も
結局は――
…あれ？
鏡が
いない…
傷つく前に
逃げたのかしら
無神経な事
言い過ぎたわね

ん
ひいいいお
計算高い男で悪かったな
しゅん…
スタ
スタ
スタ
……
彼はどっち側なんだ
人の心を持ってるのか…？
しゅんとしてたわ…
分からない…
その謎は今なお解かれていない

column

山守《やまもり》が
山守之
ありける知らに
有家留不知尓
その山に
其山尓
標結ひ立てて
標結立而
結ひの恥《はぢ》しつ
結之辱為都

［巻三・四〇一　大伴坂上郎女］

山の番人が居たとも知らないで、その山に自分のものと目印を付けたりして、付けただけ恥をかきましたよ

額田王は「野守は見ずや」（野の番人が見ているではありませんか）と歌いますが、なぜ野守が見るのが問題なのでしょうか。それは、「野守」が自分を監視する者、つまり夫の比喩だからです。

万葉集には「譬喩歌《ひゆか》」というジャンルがあり、男女の際どい話題を、物に譬えて表します。掲出の歌もその一首で、大伴坂上郎女《さかのうえのいらつめ》（旅人の妹）の作。親戚の男に、自分の娘を嫁がせようとしていたのに、その男には別に決まった相手がいるらしい、と噂に聞いて、歌いかけたものと見られます。「山守」が、その男を占有して見張っている女、そして「標」は占有の印です。持ち主がいるのに、自分の物だなどと印を付けて大恥をかいたわ、となじっているのです。額田王の歌にも「標野」と出てきたでしょう。表向きは貴重な紫を栽培する立入禁止の野ですが、実は夫のいる身、自分の比喩なのです。そうした連想関係は、和歌の約束事と言えるでしょう。

ことのは 四

巻二・一六五　大伯皇女　おおくのひめみこ

うつそみの
人なる我《あれ》や
明日《あす》よりは
二上山を
弟《いろせ》と我《あ》が見む

宇都曾見乃
人尓有吾哉
従明日者
二上山乎
弟世登吾将見

大津皇子

663～686

大伯皇女の同母弟。才気があり、人望も厚かったが、天武天皇崩御直後、皇太子草壁皇子に対する謀反の罪で逮捕、翌日刑死。万葉集に歌4首の他、懐風藻に漢詩4首。

大伯皇女

661～701

天武天皇と、天智天皇の娘、大田皇女との間の子。673年、伊勢神宮に仕える斎宮となって下向。686年帰京。同母弟大津皇子を思う歌6首を万葉集に残す。

姉ちゃん 俺を天皇に推してくれ！
この子は実の弟
大津皇子
嫌です
キッパリ
えー
神様と一緒にお願いしてよォ
男子禁制のここ斎宮《さいぐう》に密かに来た
今回はビシッと言ってやらねば
大伯皇女
このお話は馬鹿な私が——
これが最後とも分からずに愛しの弟と二度と会えなくなるまでの
それはそれは悔しいお話

大津との初めの別れは十三年前
父＝天武天皇の命を受けて私が伊勢の斎宮に任じられた時
伊勢っ!?
遠っ!!
でもよォ
斎宮って京から遠いし男といちゃこらできねぇんだろ?
田舎だろォ?
そうね
父ちゃん何考えてんだろ
よーし
ちょっと!
何だよ
父ちゃんぶっ飛ばしに行くだけだろ
馬鹿な真似はおよし
叱られるだけでは済みませんよ
わーった冗談だよ
私はそんな色恋好きじゃありませんし
そーなの?

ふぁふぁーん
斎宮は栄えたところよ
おいしいもの食べて話し相手もたくさんいる自分の役割だってある
私ちっとも不満はないの
分かったよねーちゃん
……
人一倍お母さん子だったあなた
母代わりの私と離れるのはつらいだろうに
キュ…
じゃあさ
代わりに俺の言うこと聞いてくれる？

わー
綺麗ねー
俺が発見した京いちばんの絶景ポイント
へえ
二上山《ふたがみやま》に沈む日がなんとも神々しいわね
……
姉ちゃんが伊勢に行くのって母ちゃんが死んでっからだよな？
？…どうかしらね
俺らの立場が強くねぇから
そうかもしれないけど…
あーあ

ギュウゥ
うぷっ
ちょっ何を…
苦し
俺がもっと偉かったら…
姉ちゃん一緒にいられたのかな
……
何言ってるのよ
大津にはある種の危うさを感じてはいたけれど
『博覧にして武に長け節度があり信望を集める』
伊勢に届く大津の評判に私は安心していた
父・天武が亡くなるに至り
世は後継ぎについてとかく噂をする

大津…
皇太子に優るあなたの血筋…不用意な行動は命取りよ
そんな事を思っていた時――
ばーーん
姉ちゃん！会いに来たぜ！
大津は大きくなって私の前に現れた
何考えてるのよ！
ここは男子禁制の場ですよ！
わーっしょい わーっしょい
細けーことは気にするなって
ばっ
あなたが考えてるほどこの世の中は甘くねぇ
あっ姉ちゃん
あぶな――
ゴッ
ンギャア
危ないことだらけなのに――

どうしろと言うんですか
あなたが皇位につけるよう斎宮として後ろ盾になれと？
そのと一り
いてて…
そんなの処罰されるだけよ！
わしわし
ひどい密約よ！
俺と姉ちゃんの力を合わせればイケる！
適当言うな
ここに来るまでに手引きをした者がいるでしょう
密告されたらおしまいなのよ
ナルホド…
まっ大丈夫だろ
くわっ
んなわけあるかぁ!!
ボケェ
おっと
はしたない口が過ぎたわ
この子本当に分かってないのかしら

権力と しきたりの前に 人はひれ伏す
密約なんて 大津を貶める 絶好の餌でしか ないのに
スッ
あなたは みなに好かれて きた分
人の 恐ろしさが 分かっていない ようね
さ
お帰りなさい
ガラ…
お父様が亡くなって 慌ただしい中
あなたのような 立場の人が 宮を空けたら 噂になる
大人しく 宮で時を 待ちなさい
……
…さすが 姉貴だわ
よく 分かってんな
じゃあ 一つだけ お願いがある

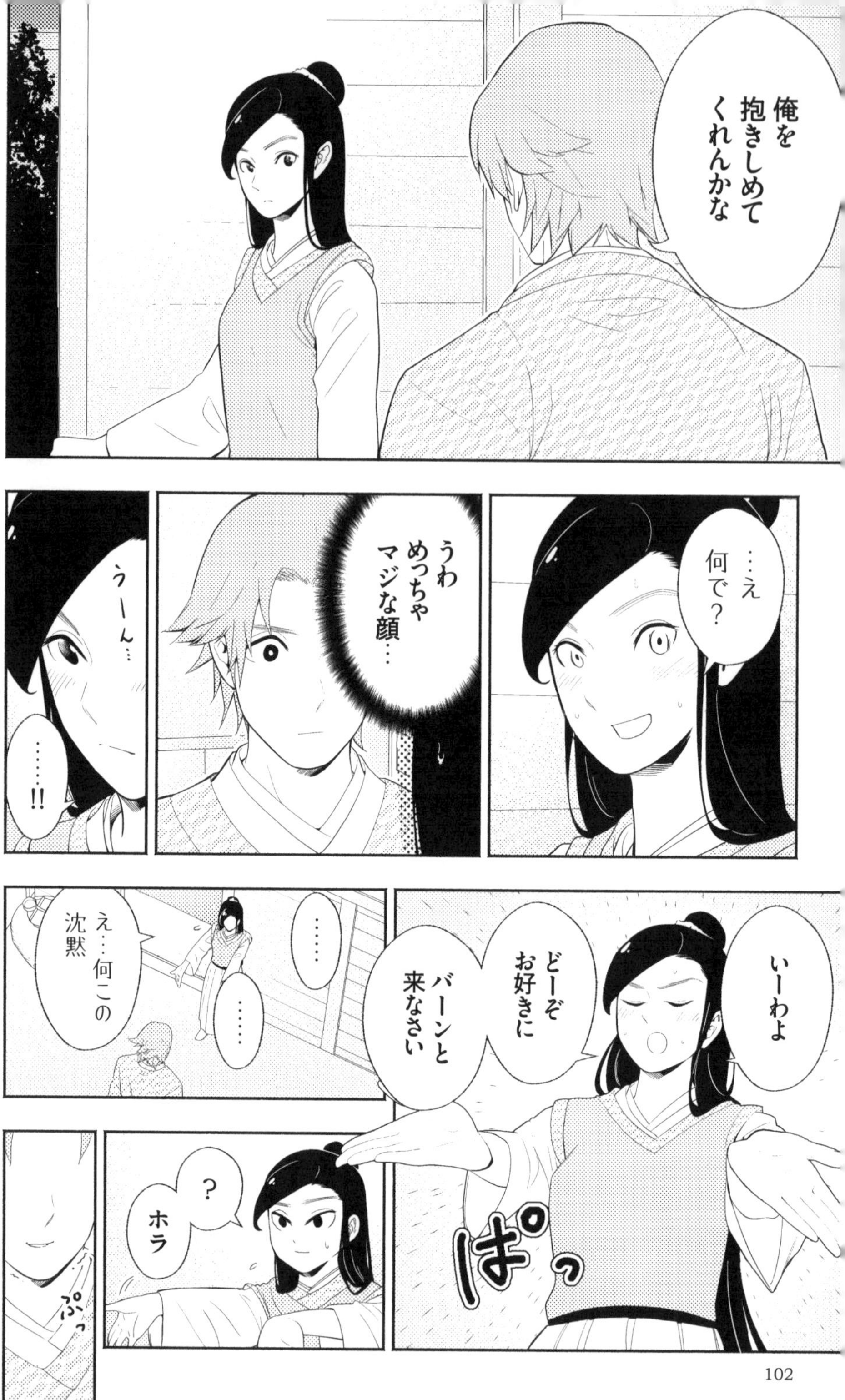

俺を抱きしめてくれんかな
…え何で？
うわめっちゃマジな顔…
うーん…
……!!
いーわよ
どーぞお好きにバーンと来なさい
……
……
え…何この沈黙
ぱっ
？
ホラ
ぷっ

ぷはははは
バーンって
なんだよ
ハア!?
勢い強すぎ
だろ
何が面白いのか
全然分かんないん
だけど!!
失礼よ
あなた!!
ごめん
ごめん
あはははは
俺少し
ビビって
たかも
姉ちゃん
見てたら
元気出た
優しくて
笑っちゃった
ここに来て
よかった
もう変な作戦
練るんじゃないわよ
処罰される
から
やらねーよ
まあ俺が
やらなかったと
しても――
?
ま
いいや
元気でなー
ようやく
馬鹿な弟が
帰った

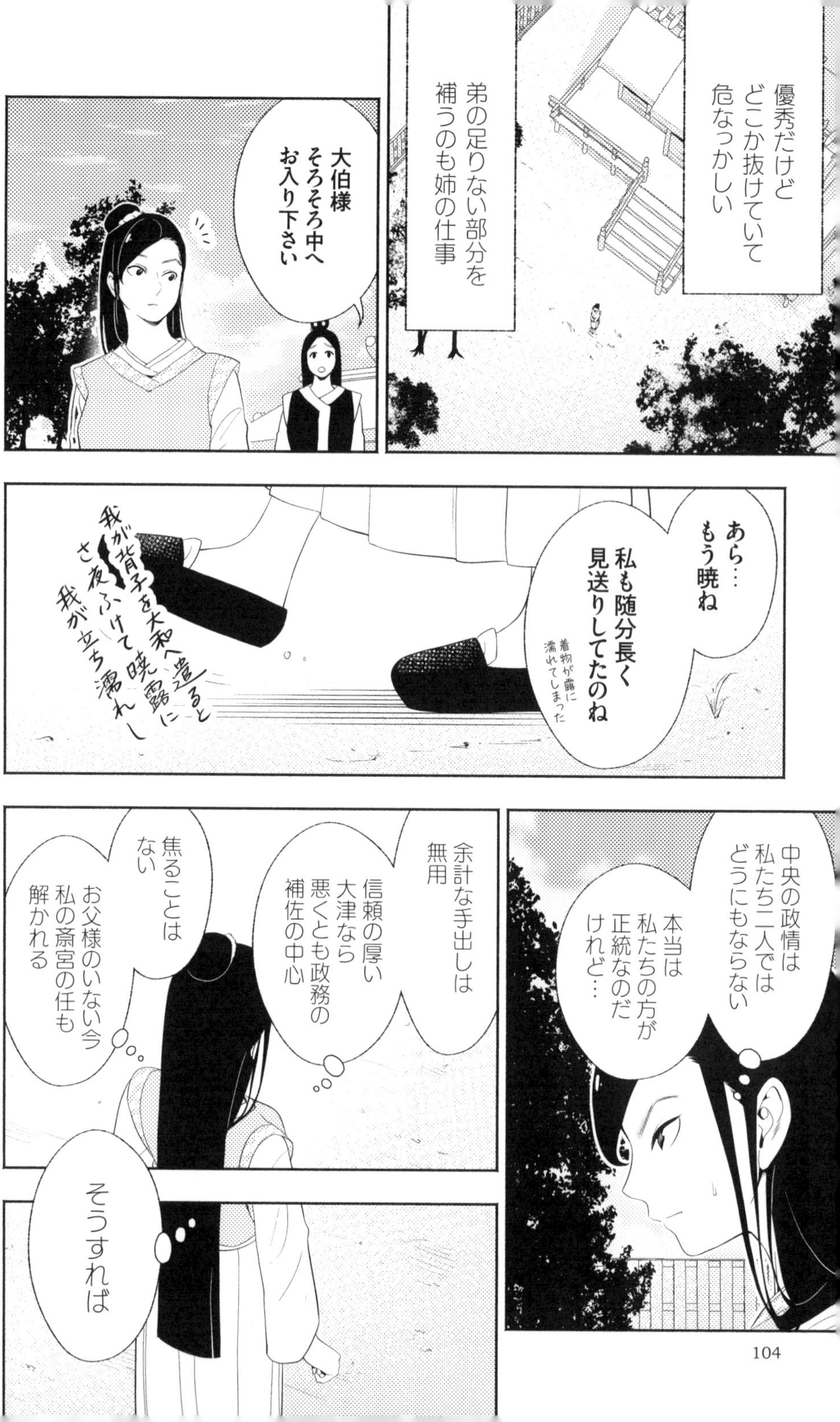
優秀だけど
どこか抜けていて
危なっかしい
弟の足りない部分を
補うのも姉の仕事
大伯様
そろそろ中へ
お入り下さい
あら…
もう暁ね
私も随分長く
見送りしてたのね
着物が露に
濡れてしまった
我が背子を大和へ遣ると
さ夜ふけて暁露に
我が立ち濡れし
中央の政情は
私たち二人では
どうにもならない
本当は
私たちの方が
正統なのだ
けれど…
余計な手出しは
無用
信頼の厚い
大津なら
悪くとも政務の
補佐の中心
焦ることは
ない
お父様のいない今
私の斎宮の任も
解かれる
そうすれば

また二人で過ごせるぞ大津！
馬鹿な話はここでしめくくり
私がうぬぼれていたようで
政情に詳しいのは私ではなく弟の方だった
世継ぎに推す声もあったはずの弟は宮に帰った後間もなく謀反の罪を負わされ
この世から去った

あのとき私は無理にでも抱きしめなければならなかった
どんな手でも使ってやるべきだった
彼は藁をもすがる思いで私のもとへ来たのに
気がついた時にはもう遅い

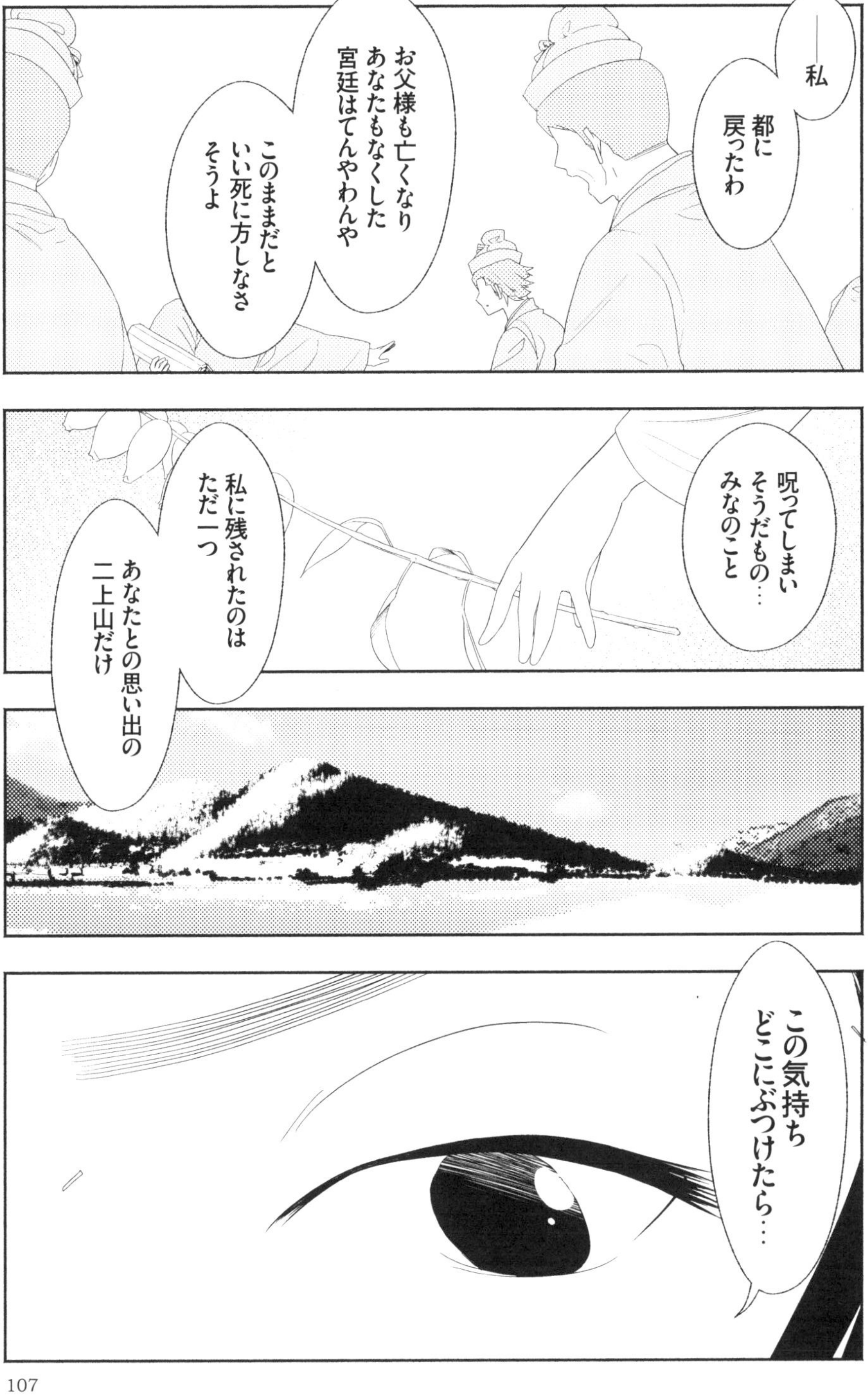
——私
都に
戻ったわ
お父様も亡くなり
あなたもなくした
宮廷はてんやわんや
このままだと
いい死に方しなさ
そうよ
呪ってしまい
そうだもの…
みなのこと
私に残されたのは
ただ一つ
あなたとの思い出の
二上山だけ
この気持ち
どこにぶつけたら…

私は
ただただ
すべてが悔しい
うつそみの
人なる我や明日よりは
二上山を弟と我が見む

この世にとどまる私は
どうして
二上山を大津、あなたとして
見て過ごさなくてはならないのか

運命に抗う弟と姉

古代の日本の社会には不思議なところがあって、天皇位を初めとして、氏族の長《おさ》の地位は父から息子へと引き継がれるのですが、息子がたくさん居る場合、誰が選ばれるのかには、母親がどういう身分の出身であるかが大きくものを言いました。これまでのお話で、皇后の地位を皇族と他氏族で争ったり、有力な男性同士で身内の女性を交換したりしていたのも、大ざっぱに言えばその点に由来します。それは、当時の家族が、母親と子供が中心で、父親はそこに通って来る存在に過ぎなかったからです。男子も女子も、母によって育てられます。女性を物のように扱うひどい社会のようですが、女性自身の財産権もありましたし、後の時代に比べれば、実は女性の社会的な地位は高かったのです。

母親ごとに家庭があるのですから、母親が違えば他人同然。父と姪で結婚する例（天武と、天智の娘たちなど）も多くありますし、異母兄妹で結婚する例（仁徳《にんとく》と八田《やた》皇女など）も珍しくありません。逆に、母親を同じくする兄と妹、姉と弟が結婚することは許されません。それはもともと一心同体であって、あらためて結びつく間柄ではないからです。
大伯《おおく》皇女と大津《おおつ》皇子は、天武天皇と大田皇女（天智天皇の娘）との間に生まれた同母姉弟です。そして皇太子草壁皇子を産んだ皇后鸕野《うの》皇女（後の持統天皇）と大田皇女とはやはり同母の姉妹で、大田の方が姉でした。皇后位に妹の鸕野がついたのは、大田皇女が早く亡くなった（六六七）からです。

皇后の子を皇太子にするのは、実は天武天皇以後に定まった制度です。有力氏族をバックに付けた有力な皇子たちが皇位を争うのは、中大兄皇子（天智天皇）と古人大兄《ふるひとのおおえ》皇子の異母兄弟、大海人皇子（天武天皇）と大友皇子（天智天皇皇子）の叔父甥の間でも起こっています。壬申の乱（六七二）に勝利して即位した天武は、創業の地、吉野で有力な諸皇子に互いに争わないことを誓わせた上（六七九）で、草壁皇子を皇太子としたのでした。

しかし従来の習慣を知る者は容易に納得しない。自分の方が血筋は上だと大津皇子は思ったはずです。祖父天智天皇に愛されたという、才に対する自負もあったでしょう。天武天皇が崩御すると（六八六）、大津は伊勢に向かいます。伊勢神宮は皇位継承資格のある者だけが奉幣《ほうへい》を許される場所でした。大津は自分こそが皇位継承者であることを示すために伊勢に行ったと考えられます。神宮に仕える巫女、斎宮《さいぐう》だった大伯皇女には、その意義はよく分かっていたでしょう。同母姉である大伯は、弟と志を共有していたに違いありません。

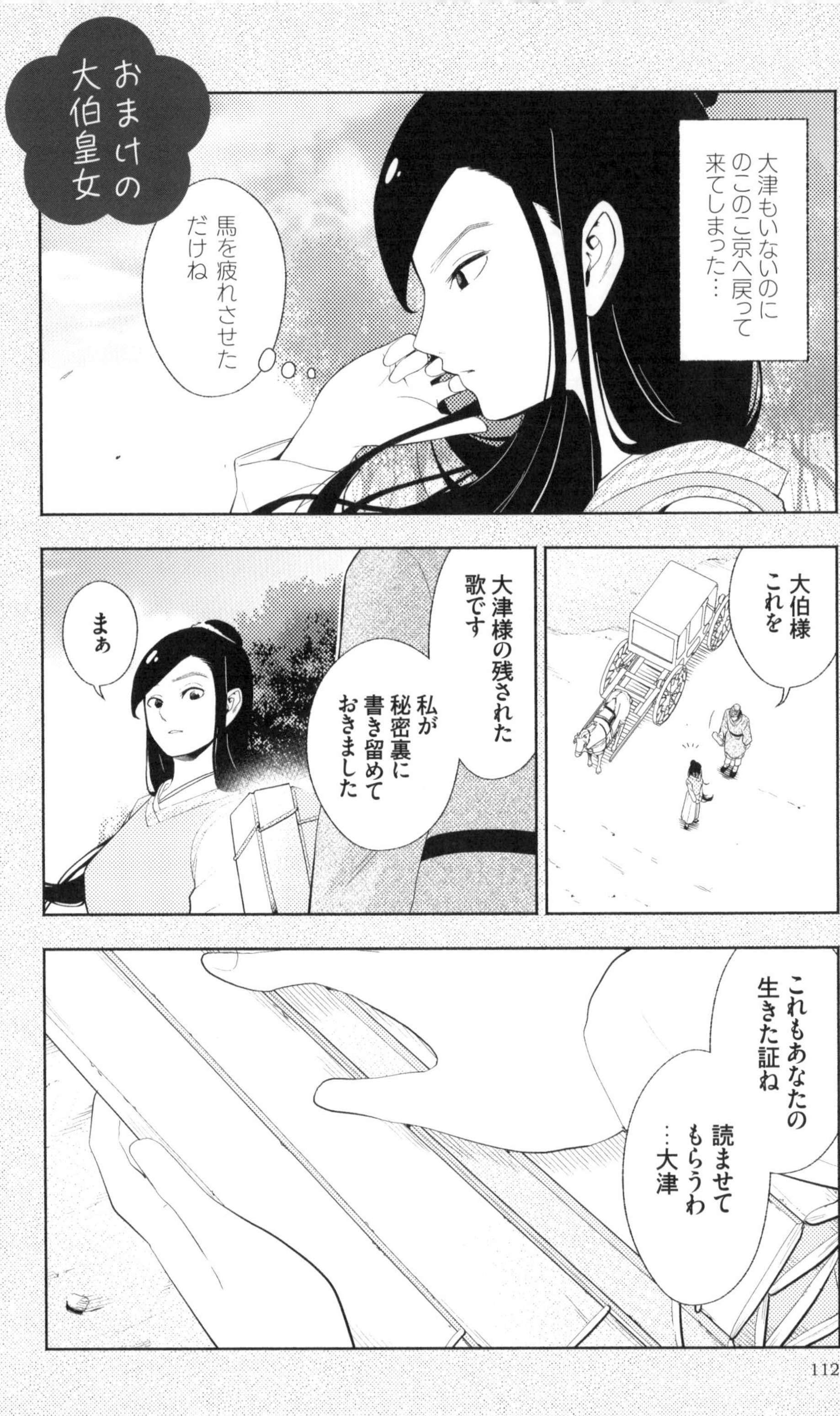
おまけの大伯皇女
大津もいないのにのこのこ京へ戻って来てしまった…
馬を疲れさせただけね
大伯様これを
大津様の残された歌です
私が秘密裏に書き留めておきました
まぁ
これもあなたの生きた証ね
読ませてもらうわ…大津

経《たて》もなく緯《ぬき》も定《さだ》めず
娘子《をとめ》らが織《お》る
もみち葉《ば》に霜《しも》な降《ふ》りそね
これは少女たちの織った錦に露がついて欲しくないって歌ね
紅葉を織物に譬えるとは斬新！
少女たちへの愛情も感じられるわ
あしひきの山のしづくに妹《いも》待つと
我《あれ》立ち濡《ぬ》れぬ山のしづくに
石川郎女《いしかわのいらつめ》に危険な恋をしていた時の歌ね
私たちってやっぱ姉弟ね発想が似てるわねぇ
郎女への強い恋心が感じられるわ
暁露に我が立ち濡れしの私の歌に

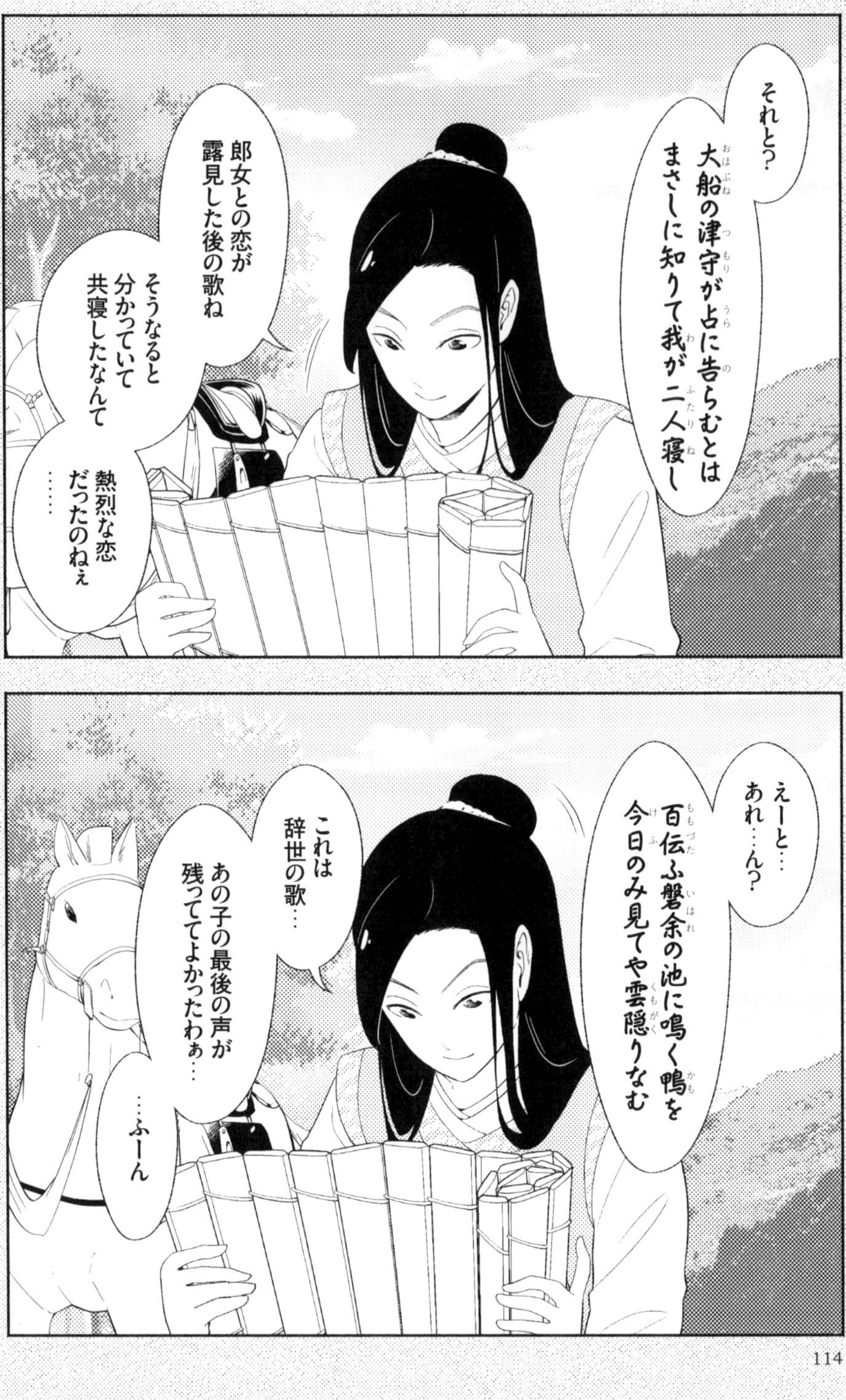
それと？
大船《おほぶね》の津守《つもり》が占《うら》に告《の》らむとはまさしに知りて我《わ》が二人《ふたり》寝《ね》し
郎女との恋が露見した後の歌ね
そうなると分かっていて共寝したなんて
熱烈な恋だったのねぇ……
えーと…あれ…ん？
百伝《ももづた》ふ磐余《いはれ》の池に鳴く鴨《かも》を今日《けふ》のみ見てや雲隠《くもがく》りなむ
これは辞世の歌…
あの子の最後の声が残っててよかったわぁ…
…ふーん

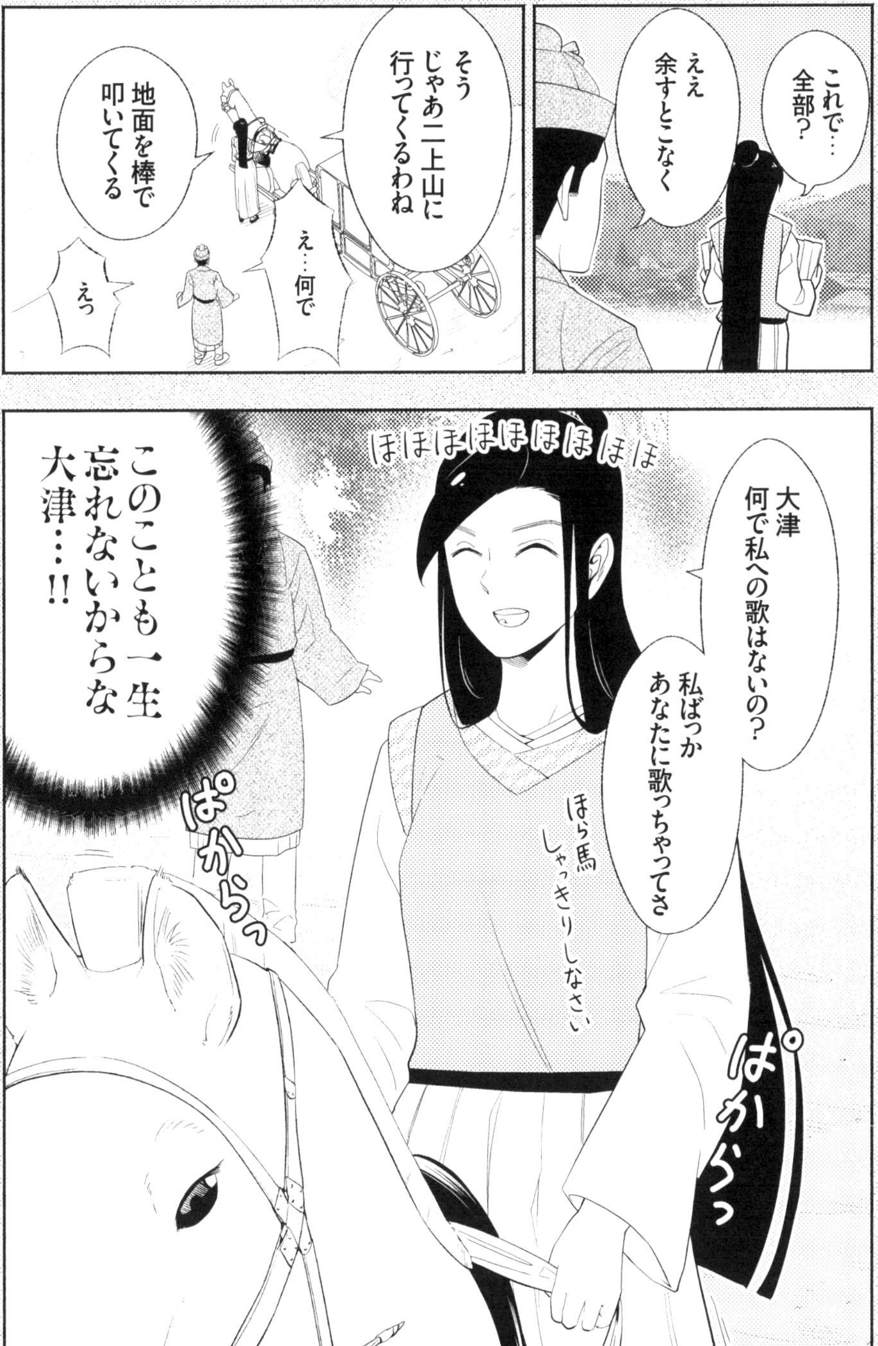
これで…
全部?
ええ
余すとこなく
そう
じゃあ二上山に
行ってくるわね
地面を棒で
叩いてくる
え…何で
えっ
大津
何で私への歌はないの?
私ばっか
あなたに歌っちゃってさ
ほほほほほほほほほ
このことも一生
忘れないからな
大津…!!
ほら馬
しゃっきりしなさい
ぱからっ
ぱからっ

column

ますらをや
大夫哉
片恋《かたこひ》せむと
片恋将為跡
嘆けども
嘆友
醜《しこ》のますらを
鬼乃益卜雄
なほ恋ひにけり
尚恋二家里

［巻二・一一七　舎人皇子］

立派な男子が片思いに悩むなんて、と溜息をつくが、この出来の悪い「立派な男子」は、やはり恋しく思ってしまうんだなあ

大伯皇女の「うつそみの人なる我や」の歌は、自分は「うつそみ」（「うつせみ」と同じく現世の意）の人で、死者である弟と別世界に居るのだから、埋葬された明日からは、墓である二上山を弟として見ることにしよう、の意に取られがちですが、正確ではありません。

舎人《とねり》皇子（天武天皇の皇子）の歌は、幼馴染の舎人娘子に贈ったもの。自分はひとかどの男だと思っているのに、くよくよと片恋に悩むなんて情けない、と思いながら、それでも恋が止められないと、独白の形で訴えかけています。「ますらをや片恋せむ」のように、上にヤを置き、下をムで結ぶのは、自分ではどうにもならないという不本意の表現で、万葉集には多数の例があります。

その点からして、大伯は、弟大津皇子の死を納得して受け入れたのではない。二上山を弟として見ることしかできない、現世の自分を不本意とし、それを強いる弟の死を不条理と感じているのです。

ことのは

五

巻二・一一五

但馬皇女

たじまのひめみこ

後《おく》れ居《ゐ》て
遺居而

恋ひつつあらずは
恋管不有者

追《お》ひ及《し》かむ
追及武

道の隈廻《くまみ》に
道之阿廻尓

標結《しめゆ》へ我《わ》が背《せ》
標結吾勢

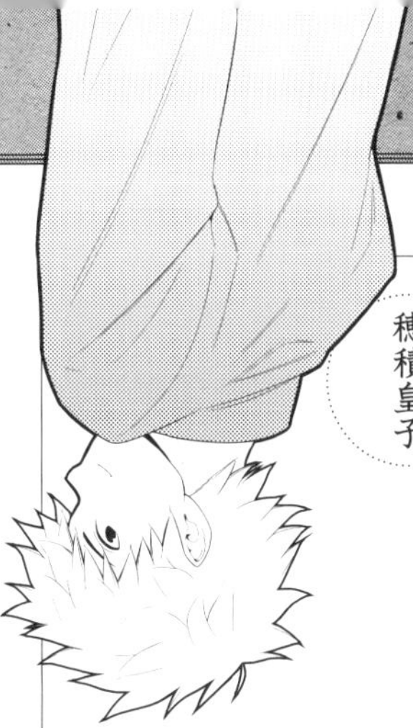

穂積皇子

?～715

天武天皇の第五皇子。母は蘇我赤《あか》兄《え》の娘、大蕤娘。705年、知太政官事（大臣相当）となり、位は一品に至る。大伴坂上郎女（旅人の妹）は後妻。万葉集に短歌4首。

但馬皇女

?～708

天武天皇皇女。母は中臣鎌足の娘、氷上娘。異母兄高市皇子の宮に居た時に、もう一人の異母兄穂積皇子と恋に落ちたという。位は三品に至る。万葉集に短歌4首。

恋する女性は綺麗だった
あの方から文がきたわ
へぇ――!!
私も幸せに…綺麗になりたい
熱い恋をしてみたい
そう思って生きてきた――
そしてようやくつかんだ
燃えるような恋を
アツいアツい恋を…!!

不適切な関係ではあるけれど…!!!
夫が来たらヤバイ…
穂積皇子
但馬皇女
どどーん
この恋間違ってる気がする…
確かめたい…
——穂積とは幼馴染だった
但馬

俺がクワガタムシやるから
お前カブトムシやろうぜ
嫌よ
カブトムシやろーぜ？
私には興味のない部類の男だった
クワガタ裸締め！
ギャー キモチワルイ イタイイタイイタイ――！
ガシッ
男の子と遊んだら!?
近寄って来ないで！
えっ
えー でもなあ
何よ！
俺…但馬の事好きだからさあ
トゥンク
お前とだけだし
遊んだり和歌贈り合ったりしたいの
えっ ナニコレ…
理想の相手…!!
キュン

じゃあさっそく和歌を…
えへへ
穂積!!相撲しよーぜ
…あら
…相撲だって笑っちゃうわねぇ
ハハハ
よしきた！
だっ
え
うぉーっ
……
絶交決定——
こうして私と穂積の初恋は終わった
こだわりのせいかどの男も好きになれずにいると——
但馬様

高市皇子《たけちのみこ》との縁談？
私が？
高市様には正妻もいるし私とは親子ほど歳が離れてるでしょ
ですが…
断れなかった
立場が上の人すぎた
高市様は優しくて真面目な人だったけど女性の扱いには疎いようで
前に高市様が来てから1カ月
文も来ていない…
このままただ年老いていくのか…
私は数年間暇を持て余した

退屈な人生――
そんな折
ドタドタ
バタバタ
騒がしいわね
何事なの？
それが…
穂積様がお忍びでいらっしゃったようで
えっ
バ
ッ
そう
俺だ
ちょ…穂積様！
フカ
フカ
久しぶりね穂積
何しに来たの
大臣の妻宅に忍び入るなんて殺されてもおかしく――…
ド
ッ

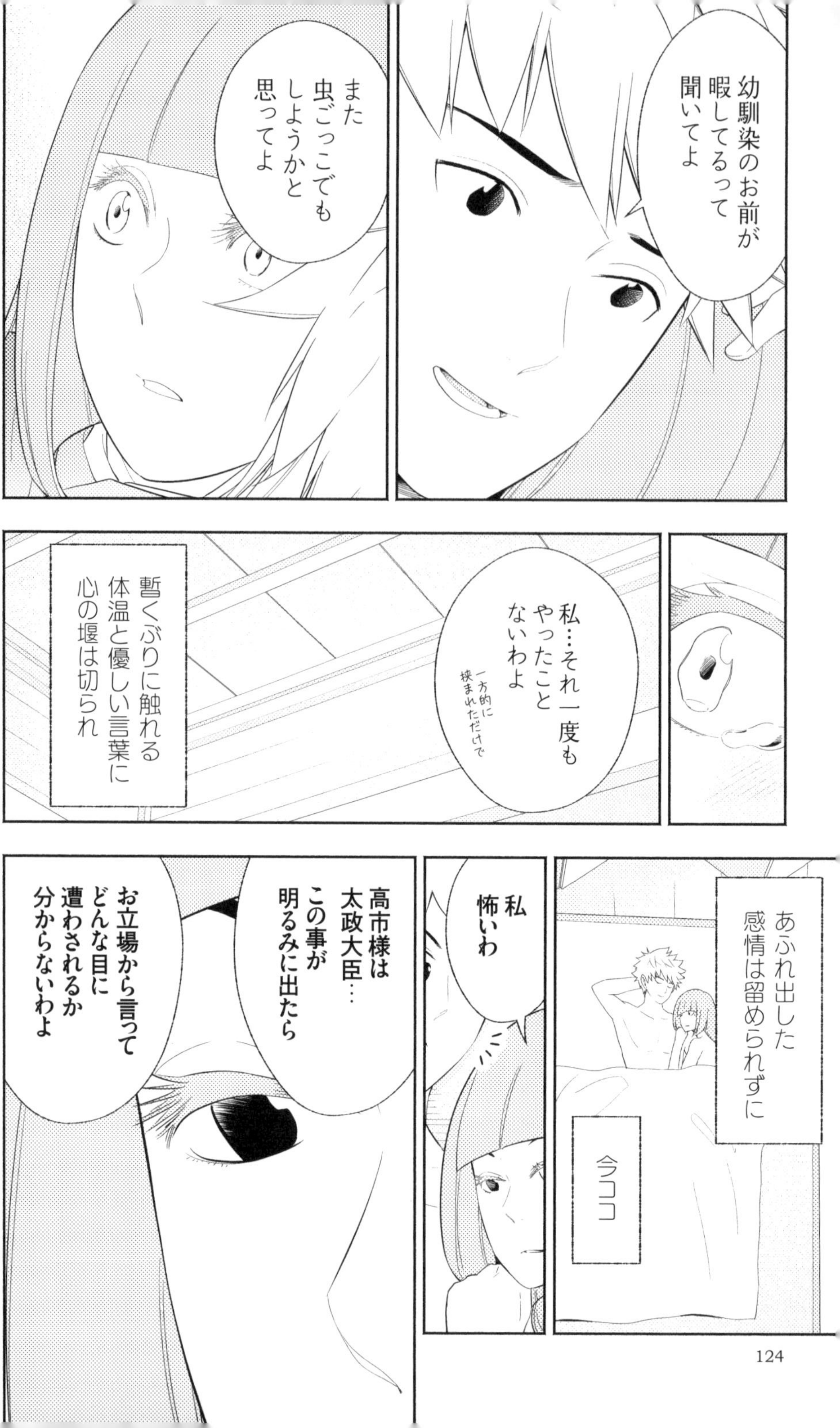
幼馴染のお前が暇してるって聞いてよ
また虫ごっこでもしようかと思ってよ
私…それ一度もやったことないわよ
一方的に挟まれただけで
暫くぶりに触れる体温と優しい言葉に心の堰は切られ
あふれ出した感情は留められずに
今ココ
私怖いわ
高市様は太政大臣…この事が明るみに出たら
お立場から言ってどんな目に遭わされるか分からないわよ

んなもん
平気さ
そんなもん
俺らの恋には
影響ねえだろ
ありがとう
穂積
キュウ…
幸せ
ついに念願を
叶えた気分
そうだ
歌…
歌を歌い
合いたい
幼い頃から
夢の…!!
穂積あのね
但馬様!!
何…
チッ
高市様が
おいでです
え…
お引き止めしますので
今のうちに急いで…
ドタドタ
わわっ
バタバタ

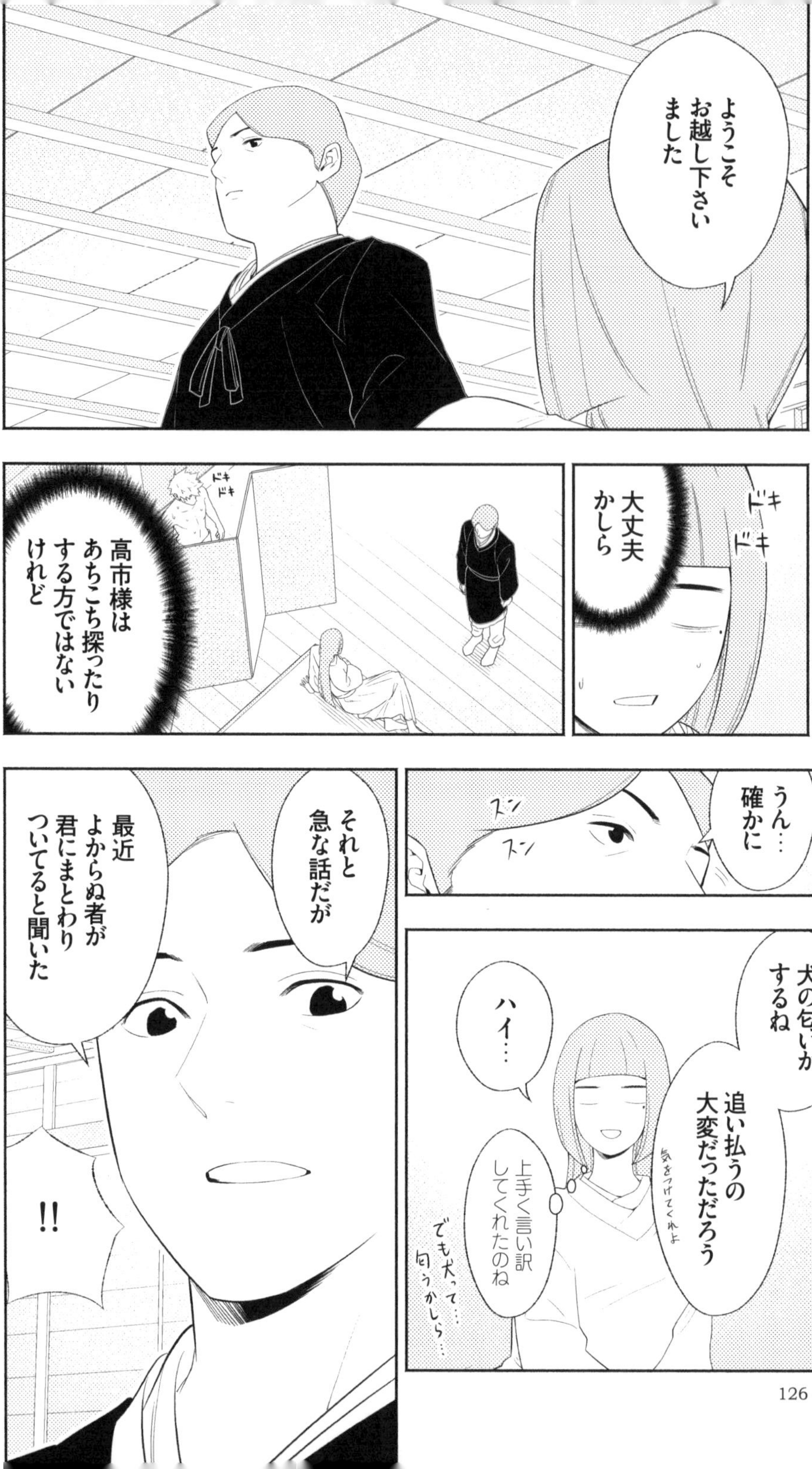
ようこそお越し下さいました
ドキドキ
大丈夫かしら
ドキドキ
高市様はあちこち探ったりする方ではないけれど
うん…確かに
ズン ズン
犬の匂いがするね
追い払うの大変だっただろう
気をつけてくれよ
ハイ…
上手く言い訳してくれたのね
でも犬って…匂うかしら…
それと急な話だが
最近よからぬ者が君にまとわりついてると聞いた
!!

そんな話が湧くのは私の責任
君のことは守るつもりでいる
ストト
――ただ
一つ言っておきたい
もし君に何かがあった時には私も動く
私の立場なりのことをする
簡単に言うと
相手の男をタダで済ますつもりはない
……!!
ビクッ
それだけだよ
嫌な話をしてしまったね
今日のところはお暇するよ

びっくりしたあ
急に来るんだもん
今度から高市様の動向に気を配るね
ごめんね
俺…帰る
えっ
あ…そう
…ホント
こんな世じゃなかったらいいのにね
言繁《ことしげ》き里に住まずは今朝《けさ》鳴きし
雁《かり》にたぐひて行《ゆ》かましものを
人の評判が煩いところに住むくらいなら今朝鳴いた雁とともにあなたと別世界に行きたい
ついに歌っちゃった
どうしよう… 彼はなんて？
ドキドキ
ん…ああそうだな

いい歌だな サンキュ
じゃあ俺 行くわ
スッ
…えっ
返歌…
ん? うーん
そういうのは もっと ちゃんとした時に
——結局
返歌が来ることは なかった
そのまま私たちの密通は あっという間に広まり
穂積皇子 志賀山寺へ!

どこ？…そこ
かつての都、大津の宮の奥、山の上にあります
修行を課されたようなものね
高市様はその程度の事で済ませてくれたと――
穂積は私に何かことづてを？
それが大変申し上げづらいのですが
特には…
何も

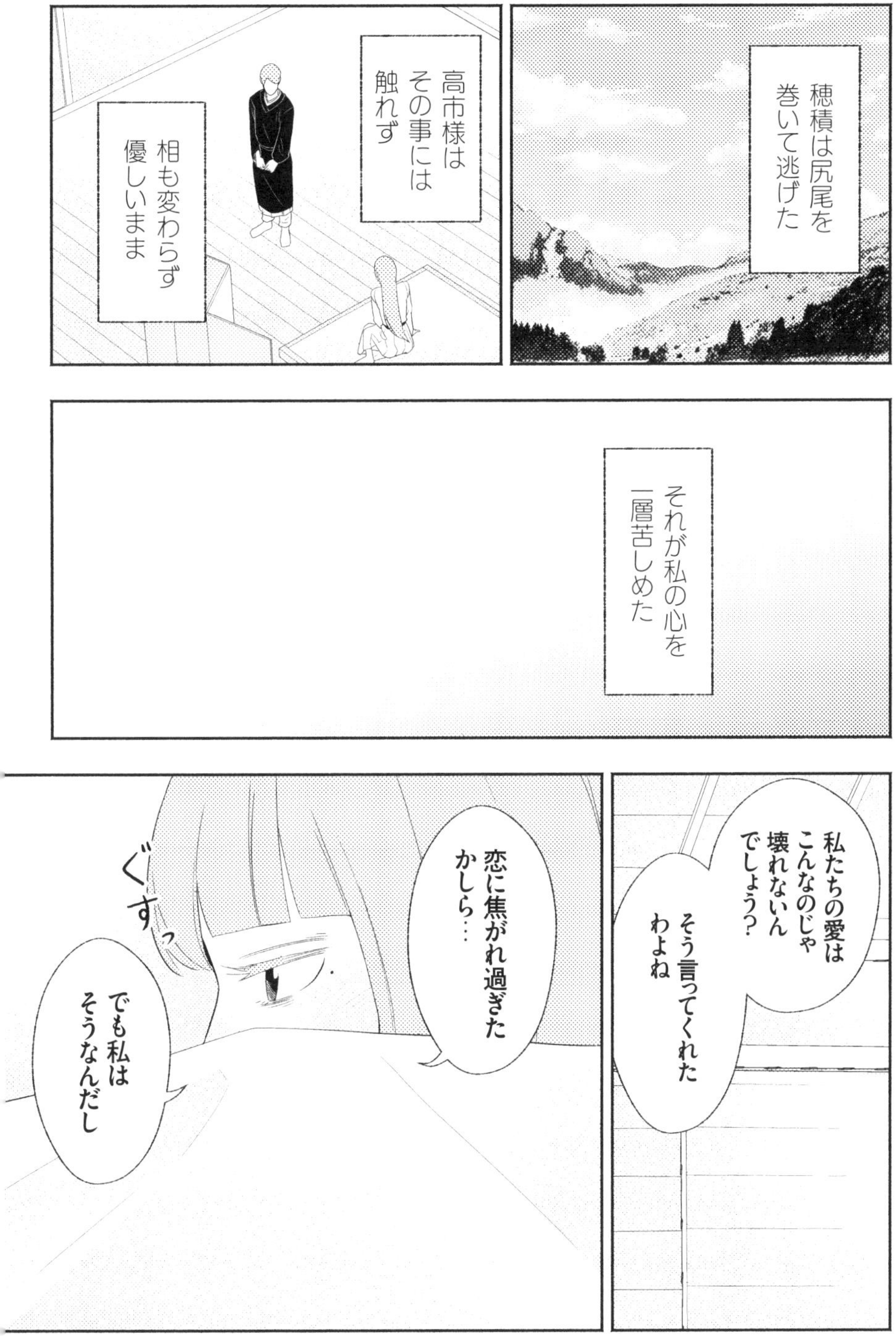
穂積は尻尾を巻いて逃げた
高市様はその事には触れず
相も変わらず優しいまま
それが私の心を一層苦しめた
私たちの愛はこんなのじゃ壊れないんでしょう?
そう言ってくれたわよね
恋に焦がれ過ぎたかしら…
ぐすっ
でも私はそうなんだし

後れ居て恋ひつつあらずは追ひ及かむ道の隈廻に標結へ我が背
後に残って恋しく思っているよりあなたをおいかけてゆきたい

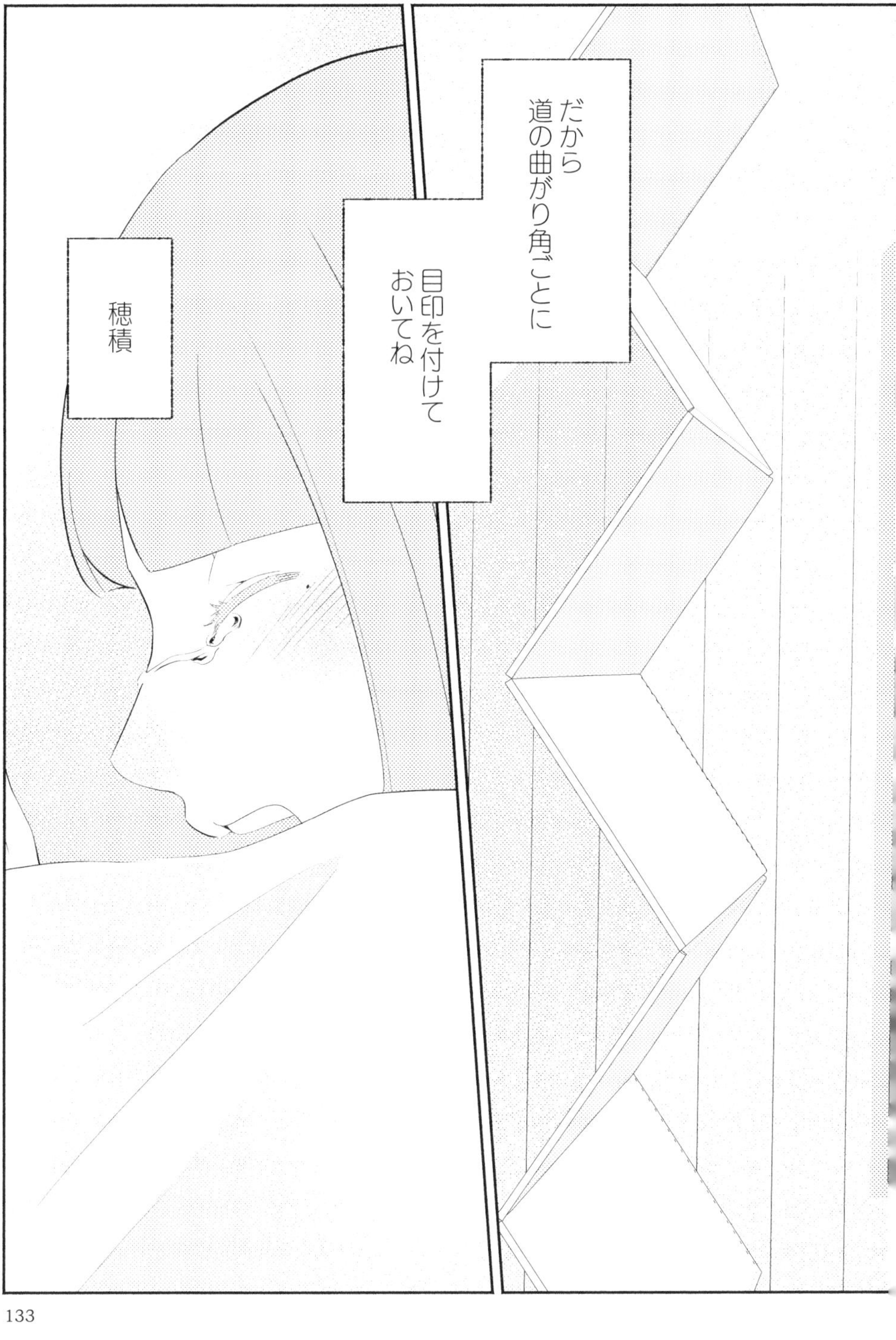
だから
道の曲がり角ごとに
目印を付けて
おいてね
穂積

許されざる恋を追って

最初に述べたように、万葉集は、歴史的に形成されてきたらしいのですが、それとともに歴史書としての性格も持っています。日本書紀や続日本紀《しょくにほんぎ》に見える戦乱や遷都といった出来事を直接述べるわけではないのですけれども、そうした出来事にまつわる、史書には洩れているような物語が、歌によって語られるのです。裏話と言ったらよいでしょうか。

穂積《ほづみ》皇子と但馬《たじま》皇女の恋の歌も、そうした性格を持っています。二人はともに天武天皇の子ですが、穂積の母は蘇我赤兄の娘、但馬の母は中臣（藤原）鎌足の娘。天智天皇の娘が多く妃となっている天武の後宮では、彼らは天皇や皇后といった地位には遠い存在でした。天武の皇子女の中では年少でもあります。

一方、但馬が妻の一人として宮に居たという高市《たけち》皇子は、天武天皇の一番年上の皇子です。単に年長というだけではなく、天武天皇が大友皇子と皇位を争った壬申の乱では、将軍として大きな功績を挙げました。母が地方豪族の出身だったために、皇太子にはなりませんでしたが、天武天皇崩御後の持統天皇の時代には、太政大臣という、臣下としては最高の地位に至ります。大津《おおつ》皇子（六八七、謀反の罪で刑死）・草壁皇子（六八九、病没）といった皇女を母とする有力な皇位継承者が居なくなった時期ですから、もし持統天皇の方が先に崩御したら即位の可能性もあったでしょう（実際には高市皇子が先に没。六九六）。政界第一の実力者で、天皇になる可能性もあった皇子の妻が、別の異母兄である皇子と恋に落ちる。これほどのスキャンダルがまたとあるでしょうか。

但馬皇女の歌は、その困難に立ち向かおうとする強さがあります。

秋の田の穂向《ほむ》きの寄れる片寄りに君に寄りなな言痛《こちた》くありとも（一一四）

——秋の田の穂が風で皆一つの方向に寄っているように、
ひたすら貴方に寄ってしまいたい。どれほど世間の噂が激しくても

人言《ひとごと》を繁《しげ》み言痛《こちた》み己《おの》が世にいまだ渡らぬ朝川《あさかは》渡る（一一六）

——人の噂が激しいから自分の人生でまだ渡ったことが無かった朝の川を、
今こそ私は渡ることだ

口さがない世間をかえってバネにするようにして、但馬は愛を貫こうとします。磐姫《いわのひめ》のお話で、万葉集の歌における女性の基本的な姿勢は「待つ」ことだと述べました。しかしここには、そうした類型から抜け出た能動性と切迫感を見て取ることができるでしょう。危機は女の歌を強く、激しくするのです。

おまけの穂積皇子
時は過ぎ去り穂積皇子は但馬皇女と結ばれるも
彼の但馬への歌は彼女の死後に贈られた物だけが現代に残る
降る雪はあはにな降りそ
吉隠《よなばり》の猪養《ゐかひ》の岡《をか》の寒からまくに
もっと歌を作ってやるべきだったたな…
ちぴ…
穂積様…何湿っぽくされてるんですかあ
ヒック
昔のことを思い出してただけさ
昔…？あっ

みんなー!!
穂積様が例の状態になってるぞー!!
ちょ…え!?
みんな自分らばかり楽しんでいいのかーっ!!
俺の事はいいよぉ…
みんな楽しんで
……
放っとけるわけないじゃないですかあ!!
何言ってんですかぁ
私たちにも力にならせて下さい
お酒に頼らないで
たたずまないで下さい
悲しいです!
悩みなら聞きます
ききますーーっ
…──というか
ワァァァ
例の歌で発散してみたらどうですかねっ
ア
!
ワァア
歌い過ぎではないかと近頃自重していたが…
コホン
いいのかみんな…
分かった
ワッ

俺の恋の歌――
家《いへ》にありし櫃《ひつ》に鏁《かぎ》刺《さ》し蔵《をさ》めてし
恋《こひ》の奴《やつこ》がつかみかかりて
ギャーーッ
家にあった箱に錠をさして閉じ込めておいた恋の奴が…俺につかみかかってきて…(そのせいで私は無茶したんだ…)
……
待ってましたあ
恋の奴怖いーっ
ギャー ギャー
つかみかかられたらしょうがない!!
明日は我が身っ
みんな気をつけようー
ワー ワー ワー
万葉集曰く穂積は酒の席で好んでこの歌を歌ったという
みなも気をつけたまえよ
ギャー ワー
左遷されるぞ
ギャー
気をつけますーっ
ワハハハハ アハハハ
――歌は

時に笑いを
時に涙を
酸いも甘いも
含むそれは
様々な形で
受け入れられ
受け継がれ
やってもーた…
私また手を出してはいけない殿方にちょっかいを…
はぁ…
いい加減にして下さいよ
まったく誰に似たんだか
どうなっても知りませんよ
……
恋は今はあらじと我《あれ》は思へるをいづくの恋ぞつかみかかれる
恋なんてもう有り得ないと思ってたのに
どっかにいる恋の奴につかみかかられたのよ…
広河女王
言い訳やめて下さい
何ですか急に
穂積の気質がどのように孫に受け継がれたかも示した(隔世遺伝)

columun

相思《あひおも》はぬ
不相念
人を思ふは
人平思者
大寺《おほてら》の
大寺之
餓鬼《がき》の後《しりへ》に
餓鬼之後尓
額《ぬか》つくごとし
額衝如

［巻四・六〇八　笠女郎］

両想いになってくれない人を慕うのは、大きな寺の餓鬼の像に後ろから額をつけて礼拝するようなものね

笠女郎《かさのいらつめ》は、大伴家持の恋人の一人で、彼女の歌二十九首はすべて家持に贈られたものです。それに対して家持は、別れた後の二首にしか返歌をしていません。編者の特権で、もっと返歌していたのを隠しているのかもしれませんが、彼女がずいぶん冷たい扱いを受けたことは確かなようです。

我《わ》がやどの夕影草《ゆふかげくさ》の白露《しらつゆ》の消《け》ぬがにもとな思ほゆるかも（五九四）

――家の庭の夕方の光の中、草に降りた白露。それが消えてゆくように、死ぬほど無闇に、貴方のことが思われます

こうした苦しく、また美しい片恋の歌を多く残した挙句、笠女郎は別れを決断します。「餓鬼」は、ここでは四天王像などが踏んづけている邪鬼を指すらしい。そんなものにご利益は無い。お尻から拝むのではなおさらです。この恋はそれと同じ、もう止めるわ。決然とした女性の歌には、このような別れの歌もあります。

参考文献

『新編 日本古典文学全集　万葉集』①～④（小学館、一九九四～六年）
『新編 日本古典文学全集　古事記』（小学館、一九九七年）
『新編 日本古典文学全集　日本書紀』①～③（小学館、一九九四～八年）
『万葉事始』（和泉書院、一九九五年）
『セミナー万葉の歌人と作品』①～⑫（和泉書院、一九九九～二〇〇五年）
『万葉集 ビギナーズ・クラシックス 日本の古典』（角川書店、二〇〇一年）
『日本の古典をよむ4　万葉集』（小学館、二〇〇八年）
岩波文庫『万葉集』全7冊（岩波書店、二〇一三～六年）

おわりに

五つのお話、いかがでしたでしょうか。
これは、万葉集の和歌を元にした物語です。しかし根も葉も無い空想ではありません。和歌というものは、五・七という韻律を持った特別な言葉で、日常の言葉とは違います。だから和歌を歌う時、人は、ふだんとは異なる、特別な自分になるのです。それは、たとえば私たちが、カラオケなどに行って、好きな歌を歌う時、その歌詞の中ではいつもの自分とは違う人になっているようなものです。

和歌はその意味でフィクションです。しかしフィクションという建前があるからこそ、ふだんは言えないような、心の奥底からの言葉を口にする可能性も生まれます。この物語の登場人物は、そのような形での自己表現を、日本語で初めてした人たちなのでした。

なぜ、そういう和歌という形式が始まったのか、というと、当時の国際関係が大きく影響していると考えられます。万葉集の初期、七世紀は、長らく分裂状態だった中国に、隋、次いで唐という大帝国ができた時代です。東アジアの端にある日本は、そこに使いを派遣して向かい合う必要がありました。しかし中国の詩に相当する高度な文芸が無ければ、まともには付き合えません。その時、既に千五百年近くの歴史を持つ漢詩に倣って作られたのが和歌という定型詩なのですが、一方、漢詩の真似ばかりではやはり面目が立たない。漢詩は、男子が志を述べるものとされていましたから、男女の恋の歌のような作品は多くありません。その点、恋歌は日本文化の独自性を主張できるジャンルでした。恋歌は日本の宮廷に共有される文芸として、誇りをもって歌われていたと思われるのです。

繰り返して言えば、彼らの歌が語るのは、彼らが演じている自分です。青沼裕貴君は、そのフィクションの中に含まれる彼らの心をつかみ出して、美しく楽しい物語をつむぎました。青沼君と呼ぶのは、彼が私の授業に出ていたことがあるからで、彼は何を隠そう、平家物語で卒業論文を書いた東大卒漫画家なのです。彼は、卒業にあたって、私たち国文学研究室スタッフの似顔絵を一枚一枚描いてくれました（左下）。

なお、その絵の中で私が左手に持っているのは、私が好きで、授業でも何度も流した「はっぴいえんど」のアルバム「風街ろまん」です。「はっぴいえんど」は、世界に広まるロックを、一九七〇年頃、初めて日本語で創作したバンドで、彼らの活動は、定型詩という世界標準を日本語で表現し始めた万葉びとに通ずると私は思っています。

東京大学文学部教授
鉄野昌弘

著　者

青沼 裕貴（あおぬま・ゆうき）　漫画・イラスト

漫画家。studio BLUPO 共同代表。東京大学文学部卒。競技ダンス部 OB。
村山由佳原作『おいしいコーヒーのいれ方』、早貸久敏原作『CLOUDIA』作画連載中。
万葉集の好きな歌は、「我はもや安見児得たり皆人の得かてにすといふ安見児得たり」（中臣鎌足、巻二・95）。

監修者

鉄野 昌弘（てつの・まさひろ）　解説・コラム・登場人物紹介

東京大学文学部教授。東京大学文学部卒。専門は上代日本文学。
著書に『大伴家持「歌日誌」論考』（塙書房）、『日本人のこころの言葉 大伴家持』（創元社）など。
万葉集の好きな歌は、「夕月夜心もしのに白露の置くこの庭にこほろぎ鳴くも」（湯原王、巻八・1552）。

○ ブックデザイン … 椿屋事務所
○ 編集 ……………… 岩川 実加

ことのは！　＃万葉恋日和《まんようこいびより》

2020 年 10 月 30 日　　初版発行

著者	青沼裕貴
監修者	鉄野昌弘
発行者	和田智明
発行所	株式会社 ぱる出版

〒 160 - 0011　東京都新宿区若葉 1 - 9 - 16
03 (3353) 2835 － 代表　03 (3353) 2826 － FAX
03 (3353) 3679 － 編集
振替　東京　00100 - 3 - 131586
印刷・製本　中央精版印刷株式会社

© 2020 Yuki Aonuma, Masahiro Tetsuno　Printed in Japan
落丁・乱丁本は、お取り替えいたします

ISBN978-4-8272-1242-6　C0095